U0522754

珞珈博雅文库
经典导引系列

博观雅制

《文心雕龙》导引

李建中 著

商务印书馆
The Commercial Press

商务印书馆（上海）有限公司 出品
The Commercial Press (Shanghai) Co.Ltd

《珞珈博雅文库》编委会

主任委员：周叶中

副主任委员：李建中　吴　丹　姜　昕

委　　员：（以姓氏拼音为序）

　　　　　陈学敏　冯慧敏　黄明东　江柏安
　　　　　姜　昕　李建中　李晓锋　罗春明
　　　　　彭　华　潘迎春　桑建平　苏德超
　　　　　文建东　吴　丹　周叶中　左亚文

秘　　书：黄　舒

| 作者简介 |

李建中，1955年出生于湖北荆州，武汉大学文学院二级教授、博士生导师、文艺学学科带头人，武汉大学珞珈杰出学者、通识教育中心主任。国家"万人计划"教学名师、国务院有突出贡献专家、教育部马工程首席专家、宝钢奖全国优秀教师，兼任中国古代文学理论学会副会长、中国《文心雕龙》学会副会长、大学通识教育联盟常务理事等。高校教龄四十余年，长期从事中国文论及文化的教学与研究，主讲的"中国文论的诗性魅力"获评国家级精品视频公开课，"中国文化概论"获评首批国家级一流本科课程，同名教材获中国大学出版社图书一等奖，"人文社科经典导引"获评首批国家级一流本科课程。主持的《青春同创，人文化成：中文类专业教学模式的深度转换》获国家级教学成果奖二等奖，《中国文学理论批评史》（副主编）先后两次获全国优秀教材奖二等奖；主持国家社科基金重大招标项目"中国文化元典关键词研究"和"中国文论关键词研究的历史流变及其理论范式建构"等。主要学术代表作有《元典关键词研究的理论范式》《体：中国文论元关键词解诠》《批评文体论纲》和《古代文论的诗性空间》等，多次获教育部高等学校科学研究优秀成果奖和湖北省人民政府社会科学优秀成果奖。

总　序

刘勰曾在《文心雕龙》中认为，"三极彝训，其书言经"；刘知几在《史通》中提出，"自圣贤述作，是曰经典"。经典是人类思想的精华，是人类进步的阶梯，具有原创性、权威性、普适性、恒久性等特征。经典对人类意义重大：一方面，不同民族、国家、文化的经典造就各异的文明生态；另一方面，阅读、研究经典乃人类文明自我传承与相互理解的重要方式。

1942年，朱自清在《经典常谈》的序言中写道"在中等以上的教育里，经典训练应该是一个必要的项目"，可见经典在教育过程中的作用与价值。对通识教育而言，经典更是重中之重。所有的学生，不论院系或专业均理应接受与经典研读相关的训练。武汉大学为本科学生开设的两门通识教育基础课"人文社科经典导引"和"自然科学经典导引"，其基本内容就是"以关键词为核心的跨学科经典阅读"。这不仅是两大导引课程的基本理念，而且已然成为中国大学通识教育的基本共识。

然而，当今世界的经典阅读却充满挑战。社会娱乐和大众文化不仅带来反智主义，而且 AI 智能和电子媒介还使"浏览"代替"阅读"。在学术领域，经典的经典性同样面临诸多压力：经典到底是百代不迁的不刊之论，还是各种权力的书写建构？面对这个问题，最佳的途径就是回到经典、亲近经典、深入经典。

平心而论，阅读经典并非易事。经典往往是古典。古今语言文字的差别、社会历史的差异形成天然的障碍，经典文本的"衍生层"即历代阐释也乱花迷眼，令人莫衷一是。因此，打造经典的"导引之门"就十分关键。古汉语的"导"与"道"乃同一个字的分化，其繁体写作"導"，其本义是"道路"；古汉语的"引"，《说文解字》解释为"开弓也"，可理解为一种张力弥满的状态。"引"具有双向性，"开弓"既是向内的蓄力，又是向外的预备。所谓"经典导引"，一方面是开启一条通向经典的道路，另一方面则是发掘经典的引力，并引领、深化这种发掘。

尽管经典导引十分关键，但要写好经典导引却不容易。毋庸讳言，坊间可见的经典导引类图书，虽数量可观，但质量良莠不齐。我们这套丛书，依托的是作为武汉大学通识教育金牌课程的"两大导引"，导读的是两大导引课程中精选的中西方经典，且以"成人"为宗旨，以"关键词"为方法，以学术为根基，以思想为内核，力求达到立德树人、凝心铸魂的效果。

这套"经典导引系列"丛书有着鲜明特色。一是撰述理念前沿，著作体例清晰。本丛书以通识教育为基本立足点，展现经典的深层意蕴，彰显经典对人类生活的永恒意义。二是撰述作者优秀，著作质量上乘。本丛书作者均为武汉大学等名校教师，对所撰述的经典大多沉潜经年、用力甚深；且有着丰富的通识教育讲授经验，深具通识教育实践之智慧，故能精准发掘经典之"成人"意蕴与精华。三是文字简明晓畅，兼具思想性、学术性和审美性。本丛书既不取学术著作的艰深晦涩，亦不采白话口语的不耐咀嚼，而是力求雅俗共赏，以简洁言艰深，化晦涩为晓畅。与此同时，"经典导引系列"力求避免"教材体"的说教腔和千篇一律，而是充分彰显作者的学术个性。作者们或风趣幽默或文采富丽，或严谨深刻或言简意赅，著作既具可读性又富感染力，足以让受众在"悦"读中领会经典。

"双百工程"是武汉大学通识教育的重要出版工程，计划编撰出版一百种通识课程教材和一百种通识经典导引。前者已经出版四十余种，后者则刚启动，即"经典导引系列"第一辑共十种，包括《论语》《史记》《文心雕龙》《六祖坛经》《红楼梦》《理想国》《斐多》《审美教育书简》《国富论》《正义论》的导读。后期还将纳入更多两大导引课程中的相关经典，以及域外经典和导引汉译，即对海外相关经典和经典导读的迻译。如此，本丛书有望成为具有品牌性、集成性效应的经典导引书系。

经典是人类思想和灵魂的重要源泉，阅读经典是提升社会文化素质的重要途径。严羽在《沧浪诗话》中说"入门须正，立志须高"，"经典导引系列"既是阅读经典的"正门"，亦有助于养成读者的"高志"。

武汉大学副校长、法学院教授
周叶中

| 目录 |

绪　论　　"博雅"的中西渊源　/ 001

第一章　　青春梦孔　/ 013

第二章　　《序志》言庄　/ 033

第三章　　定林悟佛　/ 051

第四章　　《神思》博通　/ 068

第五章　　《体性》雅正　/ 084

第六章　　《知音》博观　/ 103

第七章　　《丽辞》雅美　/ 126

第八章　　振叶寻根　/ 154

第九章　　唯务折衷　/ 175

第十章　　弥纶群言　/ 195

结　语　　一本书，一辈子　/ 217

后　记　　　/ 225

绪 论
"博雅"的中西渊源

何为"博雅"?何为"博雅教育"?学界一般认为这是西方概念,源头可追溯至古希腊术语 eleutherion epistemon 和古罗马术语 artes liberales、liberaliter educatione,其意义是面向自由人阶层的教育。中世纪时,博雅教育的观念被概念化为"七艺";到16世纪时,英文形式的 liberal education 开始出现,并逐渐成为一种具有影响力的教育观念;至20世纪,其语义更偏向"自由教育"。但是,当我们回头审视中国古代美育思想时,不难发现,"博"与"雅"作为中华美育的两个重要关键词,一直存在其中并逐渐成为中国审美教育的传统,尤为集中地体现在《文心雕龙》一书中。充分理解和认知《文心雕龙》中的"博雅"思想,发挥其在中华美育中的独特功用,在今天仍然具有十分重要的现实意义。

何为"博"?《说文解字》这样解释:"博,大通也。从十尃。尃,布也。亦声。"[1] 想要成为"大通之才","博观"是不可或缺

---

[1] 许慎撰,段玉裁注:《说文解字注》,上海古籍出版社,1981年版,第89页。

的一环。孔子可谓是最早实践"圆照博观"思想的教育家,他从不限制学生学习的内容,而任其自由发展:"天命之谓性,率性之谓道,修道之谓教。"① 与此同时,孔子通过"礼、乐、射、御、书、数"的六艺之学来促进学生的全面成长与进步,以礼教化,以乐冶情,以射强身,以御健体,以书明史,以数明智,从而建构起完备的教育体系与内容,促进学生的全面发展。

《庄子·逍遥游》曰:"且夫水之积也不厚,则其负大舟也无力。"② 没有厚积之水,大舟寸步难行。同样的道理,在进行审美活动时,倘若我们对审美对象没有广博而清晰的认识,就会陷入认知的偏差和错谬。为避免上述情况的发生,刘勰提出了"博观"之法:"凡操千曲而后晓声,观千剑而后识器;故圆照之象,务先博观。"③ 对于审美对象,只有通过不断地观察和学习,阅尽千帆方可知解其中深意。刘勰在《文心雕龙·神思》中说:"人之禀才,迟速异分;文之制体,大小殊功。"④ 造成文思迟缓或敏捷的一个重要原因,就在于是否"博观"。没有深厚的积累,就无法形成迅捷的文思,也写不出深入人心的作品。故刘勰认为,"积学以储宝,酌理以富才"⑤,这样才能认识事物的本来面貌。

为了达到客观认知文学文本的目的,刘勰又提出了"六观"

---

① 王文锦:《礼记译解》,中华书局,2001年版,第773页。
② 郭庆藩:《庄子集释》,王孝鱼点校,中华书局,2012年版,第8页。
③ 范文澜:《文心雕龙注》,人民文学出版社,1958年版,第714页。
④ 范文澜:《文心雕龙注》,人民文学出版社,1958年版,第494页。
⑤ 范文澜:《文心雕龙注》,人民文学出版社,1958年版,第493页。

的方法:"是以将阅文情,先标六观:一观位体,二观置辞,三观通变,四观奇正,五观事义,六观宫商。斯术既行,则优劣见矣。"①刘勰认为,通过对文体、文辞、文学的继承与发展、表现手法的运用、事类的运用和音律六个方面的全面考察,读者就能洞悉文章的意义之所在。

不仅文学创作领域强调"博观",书画领域同样强调广泛阅览和临摹的重要性。与刘勰同时代的谢赫,在绘画领域中提出了"六法"理论:"虽画有'六法',罕能尽该;而自古及今,各善一节。六法者何?一、气韵生动是也;二、骨法用笔是也;三、应物象形是也;四、随类赋彩是也;五、经营置位是也;六、传移模写是也。"②可以说,谢赫的"六法"理论,是中国绘画理论上较为全面、详尽的创作准则,虽针对的是不同的创作领域,但其与刘勰的"六观"思想有相似之处。他们二者均强调"博观",即博览典籍,充实自我,学以致用,在此基础之上,才能创作出打动人心的作品。北宋的郭熙则是一位深切贯彻"圆照博观"思想的绘画理论家,他在《林泉高致·山水训》中说:"欲夺其造化,则莫神于好,莫精于勤,莫大于饱游饫看,历历罗列于胸中,而目不见绢素,手不知笔墨,磊磊落落,杳杳漠漠,莫非吾画……"③

---

① 范文澜:《文心雕龙注》,人民文学出版社,1958年版,第715页。
② 谢赫:《古画品录》,载沈子丞编:《历代论画名著汇编》,文物出版社,1982年版,第17页。
③ 郭熙:《林泉高致》,载沈子丞编:《历代论画名著汇编》,文物出版社,1982年版,第69页。

"饱游饫看"即"博观",只有遍历山川草木,才能成竹于胸,达到"神与物游"的境界,从而真正领悟到绘画的奥义所在。在"博观"的基础之上,才能达到"圆照"的状态,郭熙说:"山有三远,自山下而仰山巅,谓之高远;自山前而窥山后,谓之深远;自近山而望远山,谓之平远。高远之色清明,深远之色重晦,平远之色有明有晦。高远之势突兀,深远之意重叠,平远之意冲融而缥缈。"① 只有通过对无数山川做细致的观察,才能得出对高远之山、深远之山和平远之山的普遍认识,从而达到一种"圆照之象",获得"江山之助",创造出细腻而富有感染力的作品。

清代学人廖景文在《罨画楼诗话》中说道:"我辈才识远逊古人,若踞踏一隅,何处觅佳句来?"② 想要获得刘勰所说的"江山之助",不遍历风景、饱览群书,是无法达到的。《庄子·天下》认为"道术"裂变为"方术"是一件十分可悲的事情。"道术"是体察宇宙万物之理的大道,"方术"则"多得一察焉以自好。譬如耳目鼻口,皆有所明,不能相通""各为其所欲焉以自为方"③。然而,在现代学术"分科治学"的状况下,知识分子成了《天下》篇所说的道术裂变为方术之后的"一曲之士",学生也受到分科思维的影响。当下,大学教育对于培养通识型人才提出了具体要求,不仅重视智育,同时更加重视美育的功用,一改往昔只注

---

① 郭熙:《林泉高致》,载沈子丞编:《历代论画名著汇编》,文物出版社,1982年版,第71页。
② 里克:《历代诗论选释》,昆仑出版社,2006年版,第222页。
③ 郭庆藩:《庄子集释》,王孝鱼点校,中华书局,2012年版,第1064页。

重培养专业型人才的观念。为此，广泛涉猎、进行跨学科研究是必由之路，刘勰的"圆照博观"思想给我们提供了一个很好的借鉴，为通识型人才的培养模式指明了方向。

"博观"既是审美教育的必由之路，那么"观"的内容就显得尤为重要。对于"观什么"这个问题，刘勰提出"宗经"的观点："三极彝训，其书言经。经也者，恒久之至道，不刊之鸿教也。"① 只有从经书中学习，才能明事理，体万物，获得永恒的道。这些经书所表现出的一个集中特点，就是"雅"。《毛诗序》中说："雅者，正也。言王政之所由废兴也。"② 所以，《诗经》中周王朝的正声雅乐便被称为"雅"，具有教化人心、宣讲王政的作用。刘勰说："典雅者，熔式经诰，方轨儒门者也。"③ 在刘勰看来，符合儒家经典思想的文字，可以称其为"典雅"，是值得去阅读和学习的。刘勰提倡阅读具有"雅正"特点的儒家经典，同时也提出了他所反对的文章风格与特点，可以分为以下三个方面：其一是反对新奇诡异。刘勰不是完全反对文章求奇，他反对的是"摈古竞今，危侧趣诡"④ 的新奇。他在《序志》篇中说："辞人爱奇，言贵浮诡，饰羽尚画，文绣鞶帨，离本弥甚，将遂讹滥。"⑤

---

① 范文澜:《文心雕龙注》，人民文学出版社，1958年版，第21页。
② 朱熹:《诗集传》，载朱杰人、严佐之、刘永翔主编:《朱子全书》(第1册)，上海古籍出版社、安徽教育出版社，2002年版，第345页。
③ 范文澜:《文心雕龙注》，人民文学出版社，1958年版，第505页。
④ 范文澜:《文心雕龙注》，人民文学出版社，1958年版，第505页。
⑤ 范文澜:《文心雕龙注》，人民文学出版社，1958年版，第726页。

一味求新,反而无法将经典中的思想正确表达,从而破坏文章的体制,对读者产生误导。其二是反对"为文造情"。《情采》篇云:"盖风雅之兴,志思蓄愤,而吟咏情性,以讽其上,此为情而造文也;诸子之徒,心非郁陶,苟驰夸饰,鬻声钓世,此为文而造情也。"[①] 刘勰推崇"为情造文",提倡吟咏情志的率真文章:"是以在心为志,发言为诗……人禀七情,应物斯感,感物吟志,莫非自然。"[②] 所以,《诗经》的文风为刘勰所推崇,就在于其有性情而讽其上。如若"为文造情",则会"繁采寡情,味之必厌"[③]。其三是反对"采乏风骨"。刘勰认为:"练于骨者,析辞必精;深乎风者,述情必显。"[④] 我们常说"建安风骨",是因其诗歌中语言明朗骏爽,遒劲有力,感情充沛。例如曹孟德《龟虽寿》一诗,表现其老当益壮、胸怀大志、惜时奋发的雄壮之情,具有极强的感染力。文章若缺乏风骨,则会"振采失鲜,负声无力"[⑤]。在明确刘勰对文章风格的三大要求之后,我们会发现他强调"雅正"的意义之所在。对于审美教育而言,经典阅读是一个十分重要的环节。从经典中,明白事理,练达人情,才能成为一个具有健全人格的人。如果文本选择出现偏差,则会对阅读者的价值观念产生错误的引导,从而影响其一生的价值判断与价值选择。因此,倡导经

---

① 范文澜:《文心雕龙注》,人民文学出版社,1958年版,第538页。
② 范文澜:《文心雕龙注》,人民文学出版社,1958年版,第65页。
③ 范文澜:《文心雕龙注》,人民文学出版社,1958年版,第539页。
④ 范文澜:《文心雕龙注》,人民文学出版社,1958年版,第513页。
⑤ 范文澜:《文心雕龙注》,人民文学出版社,1958年版,第513页。

典阅读，在任何时代都不会过时，都具有人文教化的重要作用。

如今，审美教育不仅要做到阅读经典，更需要"悦"读经典。如果说阅读经典是一个被动接受的行为，那么"悦"读经典则是一个主动探索的行为。从"阅读"到"悦读"，化被动为主动，在某种程度上也体现了博雅教育的内涵，即所谓的自由的、自足的教育。"悦"读经典会在情、智、行三个方面对读者产生深刻的影响。第一是情。带着情感去阅读经典，体悟作者的意图，从而更好地领悟和体会古代圣贤"为天地立心，为生民立命，为往圣继绝学，为万世开太平"①的远大理想和抱负。与此同时，在阅读经典的过程中，以经典陶冶性情，逐渐向"文雅"的君子形象靠拢。第二是智。在阅读经典的过程中，深化对文本的认知和思考，从《论语》中学习"仁义"思想，从《老子》中体味"无为而治"，从《孟子》中感悟"民贵君轻"。经典中的智慧，不仅适用于作者所处的时代，更适用于当下，有助于我们更好地思考人与人、人与社会、人与自然的关系，从而在纷繁复杂的现代社会里，找到心灵的栖居之地。第三是行。"纸上得来终觉浅，绝知此事要躬行。"②在阅读经典后，不能只有感悟，还需要在生活实践中身体力行，做到"知行合一"。例如，对待伤害自己的人，不应"以怨报怨"，而应"以直报怨"③，才能做到"谦谦君子，温文尔雅"，这与博雅教育所提倡的培养绅士的宗旨相

---

① 张载：《张载集》，张锡琛点校，中华书局，1978年版，第320页。
② 游国恩、李易选注：《陆游诗选》，人民文学出版社，1957年版，第190页。
③ 杨伯峻：《论语译注》，中华书局，1980年版，第156页。

吻合，也是当下博雅教育所要达到的目标之一。

因此，"雅正"是经典作品中所体现的风格特征，同时也是"悦"读经典之后所应该达到的目标。通过主动地、广博地阅读经典作品，才能体现审美教育的功用之所在。

在十七八世纪的英国，liberal education 指的是绅士教育（gentleman's education 或 gentlemanly education），liberal 一词是对绅士品格的描述，将 liberal 一词和知识、教育联系在一起时，liberal 最基本的含义是"适合于绅士的"（becoming a gentleman）。[1] 如果说十七八世纪英国博雅教育的目标是为了培养绅士的话，那么今天我们推行博雅教育的目的，就在于培养具有君子人格的人。从某种程度上说，君子人格的内涵就体现在"博"和"雅"两个方面。

中国古代对于"君子"的首要要求，就是博学。《礼记·中庸》云："博学之，审问之，慎思之，明辨之，笃行之。"[2]《论语·雍也》曰："君子博学于文，约之以礼，亦可以弗畔矣夫！"[3]《礼记·儒行》云："丘闻之也，君子之学也博，其服也乡，丘不知儒服。"[4]《礼记·曲礼上》记载："博闻强识而让，敦善行而不怠，谓之君子。"[5] 拥有广博的学识，对事物都有所认知和了解，

---

[1] 沈文钦：《西方博雅教育思想的起源、发展和现代转型：概念史的视角》，广东高等教育出版社，2011年版，第143页。
[2] 王文锦：《礼记译解》，中华书局，2001年版，第789页。
[3] 杨伯峻：《论语译注》，中华书局，1980年版，第63—64页。
[4] 王文锦：《礼记译解》，中华书局，2001年版，第885页。
[5] 王文锦：《礼记译解》，中华书局，2001年版，第24页。

是君子必备的能力。同时，君子也应当具备"雅"的特质。在这里，"雅"具有两层内涵：一是君子应当表现出仪表端庄、行事严正的威仪。《论语·学而》曰："君子不重，则不威。"[1]《史记·孔子世家》云："闻君子祸至不惧，福至不喜。"[2] 二是君子应当具有"文雅"的特质，《诗经·小戎》中说："言念君子，温其如玉。"[3]《论语·里仁》云："君子怀德，小人怀土。"[4] 谦谦君子，温润如玉；重德重仁，端庄威严。君子的形象在儒家典籍中十分具体，对当下审美教育培养具有君子人格的人也有着十分重要的借鉴意义。

刘勰在《程器》篇中也提出了对君子的具体要求："是以君子藏器，待时而动，发挥事业，固宜蓄素以弸中，散采以彪外，楩楠其质，豫章其干；摛文必在纬军国，负重必在任栋梁，穷则独善以垂文，达则奉时以骋绩：若此文人，应梓材之士矣。"[5] 刘勰认为，君子应该内修道德，外修文采，穷时以文立志，达时驰骋疆场。君子不仅应当注重自身的品德修为，同时也需要通晓军政大事，成为文武兼备的大通之才。刘勰反对文人的"务华弃实"，他在《程器》篇中列举十六位文人的事迹，指出这些文人只注重文采的锤炼而不注重道德的修养，其文与其人毫不相符，

---

[1] 杨伯峻：《论语译注》，中华书局，1980年版，第6页。
[2] 司马迁撰，裴骃集解，司马贞索隐，张守节正义：《史记》，中华书局，1982年版，第1917页。
[3] 程俊英、蒋见元：《诗经注析》，中华书局，1991年版，第340页。
[4] 杨伯峻：《论语译注》，中华书局，1980年版，第38页。
[5] 范文澜：《文心雕龙注》，人民文学出版社，1958年版，第720页。

即元好问所说"心画心声总失真,文章宁复见为人"①。刘勰也反对当时重武轻文的思想,倡导文武双修:"文武之术,左右惟宜,郤縠敦书,故举为元帅,岂以好文而不练武哉?孙武兵经,辞如珠玉,岂以习武而不晓文也?"②刘勰的这些思想,与西方的"博雅"思想不谋而合,对改变当下重智育而轻美育、强调专业教育而忽视通识教育的状况,无疑具有重要的启发意义。

20世纪以来,对于 liberal education 的理解,更多偏向"自由主义中的教育"(《哈佛红皮书》)。自由,也是我们目前教育中的一个重要问题。早在春秋战国时期,孔子就率先开展了自由教育的实验。孔子认为"君子不器"③(《论语·为政》),即君子不应当成为具有某种特定功用的器物,不应当成为我们今天所说的具有某一特定专业知识的专才,不能被束缚于一个具体的专业和具体的领域,而应该博采众长,具有"博"的特质,全面且自由地发展,成为明白大道的通达之才。《论语·述而》云:"志于道,据于德,依于仁,游于艺。"④以上四点是孔子认为的君子所应达到的行为准则,其中的"游于艺",不仅是游于六艺之学,掌握丰富全面的知识,同时也是游于经典当中,理解其中的思想文化精髓,收获"雅正"的气质。如果把游于六艺视为"博",那么游于经典可以视为"雅";若君子既"游于博"又"游于雅",

---

① 元好问:《元好问诗编年校注》,狄宝心校注,中华书局,2011年版,第51页。
② 范文澜:《文心雕龙注》,人民文学出版社,1958年版,第720页。
③ 杨伯峻:《论语译注》,中华书局,1980年版,第17页。
④ 杨伯峻:《论语译注》,中华书局,1980年版,第67页。

就能达到真正自由的状态。与此同时，孔子提倡有教无类，提倡课堂上的自由讨论，使得中国教育进入了一个新的发展阶段。这些都为今天博雅教育的实践提供了方法和路径，也为培养具有自由精神的人打下了坚实的基础，如《论语·先进》中记载孔子与子路、曾皙、冉有、公西华四位弟子畅谈人生志向之事，曾皙如此作答："莫春者，春服既成，冠者五六人，童子六七人，浴乎沂，风乎舞雩，咏而归。"① 为何只有曾皙的答案让孔子发出"吾与点也"的赞叹，就在于他的沂雩之乐，不仅游于天地之间，同时也游于礼乐之间，获得了身与心的双重自由。刘勰也十分强调文学创作中应具有自由的状态："故寂然凝虑，思接千载；悄焉动容，视通万里；吟咏之间，吐纳珠玉之声；眉睫之前，卷舒风云之色。"② 只有达到"神与物游"的状态，摆脱形体对于文思的限制，才能创作出优秀的文学作品。

不仅儒家强调培养自由的人格，道家也崇尚主体精神的自由，强调"法天贵真"。例如，《庄子·逍遥游》中就体现了自由的思想，这也是庄子的核心思想之一。庄子在探讨生命如何获得绝对自由时，认为人只要做到"乘天地之正，而御六气之辩"③，达到"无己""无功""无名"的状态，便可游于无穷，使灵魂达到绝对的无待的自由。其实，儒家提倡的"游于艺"和道家强调的"逍遥游"，在本质上有共通之处，其目的都在于使人

---

① 杨伯峻：《论语译注》，中华书局，1980年版，第119页。
② 范文澜：《文心雕龙注》，人民文学出版社，1958年版，第493页。
③ 郭庆藩：《庄子集释》，王孝鱼点校，中华书局，2012年版，第19页。

获得主体精神的自由，从而在面对纷扰的"人间世"时，做出正确的价值选择与价值判断。

我们在中华美育中强调"博"与"雅"，就在于二者能够使我们摆脱外在的束缚，让我们获得真正的自由。同时，值得我们注意的是，如果将刘勰所处的时代与我们当下所处的时代相比较，竟是非常相似。刘勰所处的魏晋南北朝时期，正是儒释道三种思想相互碰撞交融的时代。面对佛教的盛行以及玄学的兴起，刘勰在《文心雕龙》这部著作中融合了儒释道三家的思想，并多次强调了"博雅"的重要性。反观今日，我们也处于外来文化强势来袭的时代，如何博取各种思想、各种文化的精髓，为我所用，就显得尤为重要。因此，博雅教育是全面、客观认识事物及培育君子人格的必由之径。通过阅读经典，使受教者具有渊博的学识、卓越的见识，并逐渐形成"雅正"的气质。通过"博观"，使受教者达到"圆照"的境界。今天，我们需要培养一批通古今、通中外、通文理、通知行的大通之才，从而打破学科间的界限和壁垒，给学生以自由，给教师以自由，给知识以自由，给人性以自由。

第一章
青春梦孔

人各有志,人各有梦。不同的人有不同的梦,男女老幼,士农工商,人有千面,梦也有千种。弗洛伊德指出:梦通过"凝缩"和"移置",对现实进行加工,反映心理深处的潜意识;而文学对现实、对心理的加工和反映作用,与梦极为相似。因此,文学和梦总有千丝万缕的联系——诗可言志,梦亦可言志;文学家有文学家的梦,文论家也有文论家的梦。我们知道在汤显祖的《牡丹亭》中,杜丽娘做过一个著名的梦,这个梦充满着青春年少的生气、情韵悠长的诗意,感动了古往今来一代代的读者。《牡丹亭》讲"情",富于感性;《文心雕龙》谈"理",长于思辨。在《文心雕龙·序志》中,刘勰也用富于情感和诗性的笔调,记述了两个影响一生的梦。

一、圣人垂梦

据《文心雕龙·序志》,童年和青年时期的刘勰曾做过两个

富于诗意的梦:

> 予生七龄,乃梦彩云若锦,则攀而采之。齿在逾立,则尝夜梦执丹漆之礼器,随仲尼而南行。旦而寤,乃怡然而喜,大哉!圣人之难见哉,乃小子之垂梦欤!自生人以来,未有如夫子者也。

先看"七龄之梦","乃梦彩云若锦,则攀而采之"。一个七岁的小孩子,对自己的前途充满了憧憬,用通俗的话说:"前程似锦。"对年幼的刘勰来讲,似锦的前程是什么样的呢?是做官,是著文,甚至是出家为僧?这些都不清楚,就像一张未经显影的底片,还很模糊。刘勰小时候的梦是多义而含混的,因此就需要第二个梦。这就是"逾立之梦":"夜梦执丹漆之礼器,随仲尼而南行。"而立之年,刘勰梦见自己拿着赤色的礼器,跟着孔子向南去。这样,年轻的刘勰,在上定林寺辛苦工作了十多年却还没有任何身份和地位的刘勰,突然有了一种使命感。就像孟子所谓"天将降大任于斯人也",通过这样一个梦,刘勰有了自己努力的方向。

不过,这未必是刘勰所真实梦见的。有学者指出,这其实是刘勰用的一个典故。什么典故呢?就是孔子晚年"不复梦见周公"[1]。孔子晚年再也梦不到周公了,觉得非常悲哀,认为"吾衰也",自己老了!可见他年轻时是经常梦到周公的。年轻的孔子经

---

[1] 事见《论语·述而》,子曰:"甚矣吾衰也!久矣吾不复梦见周公!"

常梦见周公，觉得周文化的复兴重任就落在自己的肩上。刘勰用这个典故，表明自己的文化使命和对文化传承的担当。可以说，第一个梦是年幼的刘勰对前途的一种朦胧的憧憬，第二个梦就把这种朦胧的憧憬具体化了。梦见孔子，实际上是刘勰对文化身份的自我确认。年轻的刘勰，他的文化身份、人格理想、人生设计，就是要成为孔子的追随者，用自己的一生来弘扬儒家文化。

于是就有了第二个问题：刘勰应该怎么做？如何跟着孔子走，去实现他的儒家理想？在刘勰那个时代，一个出身贫寒的青年要想成为儒者，有两种选择：一种是注经，和两汉的经学家一样去注经；另一种是写文章，通过写文章来敲开官宦之门。两汉注解经书的人，有很多出来做官，到刘勰那个时代，注经的途径已经不好走了。刘勰对此有过分析和判断，即《序志》篇所言：

> 敷赞圣旨，莫若注经，而马郑诸儒①，弘之已精，就有深解，未足立家。

刘勰想通过弘扬儒家文化，得到一个建功立业的机会。作为孔子的信徒，去阐释圣人的宗旨，最好的方法就是注经。可是注经这种事情，马融、郑玄等经学家已经做到极致了。对刘勰来说，就算有深刻的见解，在注经上也难以自成一家。舍弃注经一

---

① 马郑诸儒：指马融、郑玄，都是东汉著名的经学家。郑玄是马融的弟子，也是汉代经学集大成者，著有《毛诗传笺》《三礼注》等。

途，这是刘勰明智的选择。

《序志》篇有一点像现在毕业论文的开题报告，包括本课题的研究现状与研究意义。在"开题报告"中，刘勰分析了研究经学的可行性，认为这项研究很难超过前人。因此，刘勰放弃"注经"而选择了"论文"，也就是今天所说的文学理论、文学批评。论文必须和儒家的理想挂上钩，所以刘勰讨论了他所要研究的"文"（即所"论"之"文"）和儒家经典的关系。他采取一种类似毕业论文选题时的做法，先看大量材料，掌握本领域的研究现状，然后找到一个具有创新性的题目——舍弃注经而选择论文。这一步对刘勰来说非常重要，如果去注经，无非是在众多的经学家里又增加一个并不出色的模仿者而已，无法超过"马郑诸儒"。而且，一时代有一时代的文化，魏晋时期，注经的时代已经过去了，没有办法超过两汉。这是刘勰非常聪明的地方。

刘勰以两个梦写出了自己的儒家理想，以一种对"注经"还是"论文"的选择，表明了书写行为的文化祈向。我们还要了解"经"和"文"的关系，否则将无法理解刘勰的选择。刘勰有一个很形象的说法："文章之用，实经典枝条。"经典像一棵树的主干，文章是它的枝条；经典是体，文章是用。也就是说，儒家礼乐文化、治国平天下的教化道理，要通过文章才能实现。"五礼""六典"[①]是儒家礼乐制度的组成部分，这些典籍、制度必须

---

① "五礼"：指吉礼、凶礼、宾礼、军礼、嘉礼，见《礼记·祭统》郑玄注。"六典"：指治典、教典、礼典、政典、刑典、事典，见《周礼·大宰》。典：政法制度。

通过文章才能显示出来，所有文章的根本、本原都在经典里面。

"文章之用，实经典枝条"实际上有两个含义：第一个含义，在刘勰的眼中，儒家的经典也是文章；第二个含义，经典不是一般的文章，它是最好的文章，是文章的楷模，所以刘勰要征圣、宗经。同时经典又是文章的本原，是文章的源头。在文体论中，刘勰讲道，所有的文章追根溯源，都是从经典那里来的。刘勰分得很清楚，哪些文章是从《周易》里来的，哪些是从《礼记》中来的，都做了详细论述。从这两个意义上讲，经典作为文章的本原，是儒家的，这是"文"和"儒"的第一个关系。也就是说，儒家的经典成为后来文章的源头和典范。第二点，到了刘勰生活的时代，离孔子时代已经一千多年了，这个时候文坛是怎样的状况呢？刘勰说：

> 去圣久远，文体解散，辞人爱奇，言贵浮诡，饰羽尚画①，文绣鞶帨②，离本弥甚，将遂讹滥。

离开圣人已经很远了，文章的体系都已经解散了。这里的"文体"不是我们所说的狭义"文体"，不是指体裁、体制等，而是指整个文章的体系、体统和体貌。"文体解散"指的是，整个文章的体系已经被破坏了，不成体统。不成体统的一个表现是，

---

① 饰羽尚画：意为在原本有华彩的羽毛上画以纹饰，指文采过度。
② 文绣鞶（pán）帨（shuì）：这里也是说不必要的文饰。鞶：皮质的束衣带。帨：佩巾。

后世的文章家喜欢奇特、浮诡的风格，就像在色彩鲜明的羽毛上涂上颜色，在不用刺绣的皮带上去刺绣，追求一种不必要的装饰。这样就导致了离根本越来越远，最后造成乖谬和泛滥。这就是刘勰写《文心雕龙》时的"本课题研究现状"。也就是说，在刘勰的时代，文章的状况已经很糟糕了。文章本来应该是经典的枝条，是经典之用，是从经典生发出来的，可是当时的文章离它的源头、楷模、典范越来越远，正在走向经典的反面。

以上是一个总的论述，在下面一个自然段，刘勰就开始具体地谈论"当代文坛与文学批评"的一些弊端：

> 详观近代之论文者多矣：至如魏文述典，陈思序书，应场文论，陆机《文赋》，仲治《流别》，弘范《翰林》[1]，各照隅隙，鲜观衢路，或臧否当时之才，或铨品前修之文，或泛举雅俗之旨，或撮题篇章之意。魏典密而不周，陈书辩而无当，应论华而疏略，陆赋巧而碎乱，《流别》精而少功，《翰林》浅而寡要。又君山、公干之徒，吉甫、士龙之辈[2]，泛议文意，往往间出，并未能振叶以寻根，观澜而索源。不述先哲之诰，无益后生之虑。

---

[1] 以上六部著作分别指曹丕《典论·论文》、曹植《与杨德祖书》、应场（yáng）《文质论》、陆机《文赋》、挚虞《文章流别论》、李充《翰林论》。
[2] 君山：东汉学者桓谭的字。公干：三国作家刘桢的字。吉甫：西晋作家应贞的字。士龙：西晋作家陆云的字。

近代论文之作"各照隅隙，鲜观衢路"，"并未能振叶以寻根，观澜而索源"。针对这种现状，刘勰要用经典来立论，"《周书》论辞，贵乎体要，尼父陈训，恶乎异端，辞训之奥，宜体于要"。《周书》指的是《尚书》中周朝的《毕命》（伪古文），是"贵乎体要"的；孔子"恶乎异端"。无论是《周书》，还是孔训，都是"体于要"。而现在的文章，恰恰没有"体于要"，走向了一种异端，走向了爱奇，走向了浮诡，因此刘勰要"论文"来纠偏、救弊。从这里可以看出，刘勰在言说自己的人格理想和文化行为时，具有一种很强的现实关怀，这也是我们应该学习的。

二、周孔为师

在《文心雕龙》第二篇《征圣》中，刘勰说："征之周孔，则文有师矣。"所谓"周孔为师"的第一层含义，如前所述，是刘勰的人生理想及其对自己文化行为的选择。下面我们就分别以刘勰的《征圣》篇为依据，来具体讲解刘勰是如何以周孔为师的。《征圣》的"征"有"验证"的意思，征于圣人，也就是一切事物都要以儒家圣人为标准来衡量。这种标准有两个方面，一个是道德伦理方面的，一个是文章写作方面的。刘勰也谈儒家的道德伦理，但最主要而且谈得更详细的，还是后一个方面，也就是文章写作方面的标准。我们可以分为两点来看，一点是儒家圣人贵文的三个方面，另一点是儒家圣人以文辞表意时的四种状况。

《征圣》的开篇，在解释什么是"圣"、什么是"明"之后，紧接着就谈到三个"贵文"：一个是"政化贵文"，一个是"事迹贵文"，还有一个是"修身贵文"。刘勰认为，圣人在这三个领域都是很看重"文"的。这个"文"既可以解释为具体的篇章、文章，也可以解释为文章里面的一种修辞手法。

先看"政化贵文"，刘勰说：

> 圣人之情，见乎文辞矣。先王圣化，布在方册①，夫子风采，溢于格言。是以远称唐世②，则焕乎为盛；近褒周代，则郁哉可从。此政化贵文之征也。

这里的"格言"，指的是《论语》。《论语》是对话体的，孔夫子讲教化，是通过格言的方式来表达。"焕乎为盛""郁哉可从"是孔子对从尧舜到周代文王、武王时期文化的一种赞叹。这表明，孔子强调政治教化的作用，是以文为贵的。这里的"文"也可以从广义来解释，就是《周易》里面所说的"为文教化"。

"事迹贵文"是历史书里面也是很注重"文"。"郑伯入陈，以文辞为功；宋置折俎，以多文举礼。"前一个郑伯的故事，出自《左传·襄公二十五年》：郑国起兵攻打陈国，当时的盟主晋国质问郑国为何事先不报告；郑国的子产回答说，陈国领了楚

---

① 方册：方，木板；册，编联的竹简。这里泛指书籍。
② 唐世：指唐虞。

国来打郑国,填塞了井,砍了树木,对郑国犯了罪,郑国向晋国报告了,晋国不管,所以郑国要去讨伐。子产的回答,理由充足,得到孔子的赞美。后一个"多文举礼",出自《左传·襄公二十七年》:宋平公接见晋国贵宾赵文子,在宴会上宾主的发言都很有文采,也得到孔子的称赞。《左传》的这两个故事都是讲"事迹贵文",下面我们来看"修身贵文"。

"修身贵文"指的是,人格自我塑造也要注重文采。这种文采和情感的真实并不矛盾,即"情欲信,辞欲巧"。我们知道,孔子说"巧言令色",老子说"信言不美,美言不信",认为话说得越漂亮就越不诚实,但是刘勰并不赞成这种观点。刘勰认为既要情感真实,也要讲究文辞技巧,二者并不矛盾。说话的时候,并不是越质朴就越真实,有时候还需要讲究一定的技巧。好的文学作品,往往是用一种非常美的语言来表述情感。这是在三个层面讲文辞的可贵。刘勰认为圣人无论是谈政治教化、记录历史还是讲个人修养,都是很讲究文辞的。这是第一点。

第二点讲到圣人文辞表意的四种状况,可以概括为简、繁、隐、显。我们用文章来表达思想的时候,主要是四种状况,第一种是简洁,第二种是繁富,第三种是隐晦,第四种是显白。其实,这四种可以归结为简洁和啰唆两类,过于简洁或者啰唆是人们说话和写文章的通病。这些问题,可通过学习经典来解决。我们看刘勰是怎样讲简、繁、隐、显的:

或简言以达旨,或博文以该情,或明理以立体,或隐义以藏用。故《春秋》一字以褒贬,丧服举轻以包重,此简言以达旨也。《邠诗》联章以积句,《儒行》缛说以繁辞,此博文以该情也。书契决断以象夬,文章昭晰以象离,此明理以立体也。四象精义以曲隐,五例微辞以婉晦,此隐义以藏用也。故知繁略殊形,隐显异术,抑引随时,变通适会,征之周孔,则文有师矣。

"简言以达旨",用最简洁的语言来表达出意旨。刘勰举了两个例子:一个是《春秋》的"一字以褒贬",比如"郑伯克段于鄢",一个"克"字就表明了褒贬之意。"克"这个字是用于不同国家的(如"攻克柏林"),而郑伯打败的是他的弟弟,这表明作者对郑伯攻打共叔段是反对的,对兄弟相残的行为是持贬斥态度的。第二个例子,《礼记》的"丧服举轻以包重"。《礼记》讲到丧服的时候说"缌不祭","缌"是用熟麻布制作的丧服,是一种很轻的丧服,穿这种轻丧服的人不能参加祭祀,那么穿重丧服的人当然就更不能参加祭祀了。

"博文以该情",用很繁博的文采也能够确切地表达情感。刘勰举的是《诗经》和《礼记》里面的例子,"《邠诗》联章以积句"指的是《豳风·七月》。这首讲农业劳动的诗较长,其中"七月流火,九月授衣"句式在诗中反复出现。《诗经》中其他诗歌也常有这种重章叠句、反复咏叹的情况,这就是刘勰所说的"联章以积句"。《儒行》是《礼记》里的一篇,讲儒者的行为,把儒者的行为分为十六种,非常繁复。因为《儒行》讲儒者的行为准则，所以不厌其细，就像我们的学生守则一样，每一个地方都要说到。这都是比较繁复的例子。

"明理以立体"指的是比较明显、直白的状况。刘勰举了《周易》里面的两个卦象为例，一个是夬卦，一个是离卦。夬卦，下面是乾卦，上面是兑卦，也就是乾下兑上。我们知道，《周易》的卦象都有六根爻。夬卦有点"怪"，最上面一根阴爻，下面五根全部是阳爻，叫作"五阳决一阴"。阴爻表示阴柔，阳爻表示果断，五阳一阴，是阳占上风，象征以刚胜柔，有所决断。这个表意非常形象，让人一看就明白了。八卦里面的离卦是中间一根阴爻，上下两根阳爻，象征火；六十四卦里面的离卦就是两个离卦重叠起来。一个离卦就很明亮了，两个离卦当然更明亮，所以是"重明也"。"文章昭晰"，"昭晰"也是明的意思。离卦一看就知道是指光明。《周易》里面的夬卦和离卦，用卦象就很明确地表明了所要表达的意思，这就是"明理以立体"。

"隐义以藏用"指的是比较隐晦的状况。刘勰举的是《周易》里面的"四象"和《春秋》里面的"五例"。《周易》里的"四象"有很多种说法，最简单的说法就是金、木、水、火四象，为什么没有土呢？因为四象是天地所生，土就是地上的。有的说四象是实象、假象、用象和义象，还有人把四象解释为春、夏、秋、冬，也有人解释为大阴、少阴、大阳、少阳。有很多种解释，比较复杂，所以四象的精义是非常曲折、隐晦的。"五例"是《春秋》里面微而显、志而晦、婉而成章、尽而不污、惩恶而劝善的叙事方式，所讲的实际上是互相矛盾、对立统一的几个方面。

以"五经"为例,刘勰把简、繁、隐、显全部都讲到了。最后有一个总括:"故知繁略殊形,隐显异术,抑引随时,变通适会,征之周孔,则文有师矣。"这段话告诉我们,刘勰的宗经、征圣是把包括周、孔在内的儒家的宗师,以及他们的作品,当作写文章的老师。刘勰所看重的不是儒家的伦理道德,而是儒家的文章作法。

这个观点在《宗经》篇里有明白的表述:"励德树声,莫不师圣,而建言修辞,鲜克宗经。"这也是刘勰征圣、宗经观的核心思想:在文章的修辞、立言上面来宗经、征圣,也就是他所讲的"征圣以立言"和"依经以树则"。为什么要这样呢?刘勰认为儒家的经典里面都是含文的,"谓五经之含文也",我们可以把它解释为"五经"都具有文学性。这是刘勰一个很了不起的见解,他把"五经"当作文章,甚至是当作文学研究的对象来看。

三、五 经 含 文

上文提到的《诗经》《礼记》《周易》《春秋》,再加上《尚书》,就是儒家经典中著名的"五经"。其实,中国文学的许多修辞手法,都源出于"五经"。比如用"象"来思维,用形象来说话,源自《周易》。《周易》卦卦有象,爻爻有象,而文学就是展示典型形象和意象。又如,叙事手法来自《春秋》。《春秋》的叙事非常简洁,对后来的历史叙事有很大的影响。没有《春秋》,就没有

《左传》，没有《左传》就不会有后来的《史记》和《汉书》，它们是一脉相承的。《尚书》是记言的，里面的对话体影响了后来的很多子书，如《论语》《孟子》等。也就是说，后世文学作品里的一些文体特征和写作方式，都能从"五经"里找到源头和楷模。

《文心雕龙·宗经》说："扬子比雕玉以作器，谓五经之含文也。"这里用到了西汉大儒扬雄的话。扬雄把经典和文采，比作美玉和雕琢的关系：经典的价值离不开本身的文采，正如玉石唯有通过雕琢才能成器。

《文心雕龙》里有很多比喻，刘勰采用"象喻"的手法，印象式、总体性地来描述他心目中的"五经"。我们来看《宗经》："墙宇重峻"比喻经典的高深莫测、容纳深广；"万钧之洪钟"比喻经典的影响深远，像大钟发出洪大的声音。"韦编三绝，固哲人之骊渊"里的"骊"指黑龙，"骊渊"是黑龙潜伏的深潭，要得到龙下巴上的珠子，就必须到龙所潜伏的深渊里去。这里刘勰用龙下巴的珠子比喻经典的精义，说明经典非常宝贵而又难以得到。"太山遍雨，河润千里"："太山"是最高的山，太山上的云彩能够使普天下都下雨；"河"指黄河，黄河能够滋润它所流经地区的广漠土地，比喻经典中的文章具有无穷的意义。"即山而铸铜，煮海而为盐也"，铜是通过矿石冶炼出来的，盐是从海水里面煮出来的，后来的文章都是从经典里面出来的，经典对于后来的文章就像能够炼成铜的矿石、能够煮成盐的海水一样，是文章的根本。"赞曰"说"性灵熔匠，文章奥府"，也是一个比喻。"熔匠"是熔铸金属的工匠，可以通过熔铸把金属做成自己想要的各种器皿,就像儒家经典可以改变人的性情;"奥府"是很深奥的宝库,我们写文章要用什么词,用什么典故,用什么修辞手法,这些全部都藏在经典里面,是取之不尽、用之不竭的。透过这些令人眼花缭乱的比喻,我们可以发现:刘勰心目中的"五经"不仅仅是"含文",即具备文学性的因素,更是一切"文"的源头和典范,是后人模仿和学习文章写作的最佳教材。

在印象式概述之后,刘勰又从两个层面具体论证了"五经含文",一是"五经"中的每一部经典都有它作文章的一个特征,二是"五经"分别是各种文体的起源和根本。先讲第一点,请看刘勰《宗经》篇的第二段:

> 夫《易》惟谈天,入神致用。故《系》称旨远辞文,言中事隐。韦编三绝①,固哲人之骊渊也。《书》实记言,而训诂茫昧,通乎《尔雅》,则文意晓然。故子夏叹《书》"昭昭若日月之明,离离如星辰之行",言昭灼也。《诗》主言志,诂训同《书》,摛风裁兴,藻辞谲喻,温柔在诵,故最附深衷矣。《礼》以立体,据事制范,章条纤细,执而后显,采掇片言,莫非宝也。《春秋》辨理,一字见义,五石六鹢,以详略成文;雉门两观,以先后显旨;其婉章志晦,谅以邃矣。《尚书》则览文如诡,而寻理即畅;《春秋》则观辞立晓,而

---

① 韦编三绝:韦编,用熟牛皮绳编连起来的竹简,最为结实;绝,脱断。出自《史记·孔子世家》,本指孔子常读《易经》,使得编竹简的牛皮绳多次脱断,后比喻发愤苦读,勤奋治学。

访义方隐。此圣文之殊致，表里之异体者也。

在这里，刘勰对儒家经典作为文章的特征逐一进行了论述。下面我们来看刘勰是如何讲"五经"的。

首先是《易》。《周易》只讲天道，极为神妙。《系辞》把它的特点概括为"旨远辞文，言中事隐"，说的是它的含义极为深远，文辞非常精美，言辞能够切中要害，用事又比较隐晦。因此孔子才会韦编三绝，刘勰谓为"哲人之骊渊"。

第二个是《书》。《尚书》是最早的记言体，因为古语会发生变化，所以后人觉得《尚书》"训诂茫昧"，语言古奥难懂，要懂得《尔雅》，用当时通行的语言来解释，才能够弄清楚《尚书》的文意。《尔雅》成书于战国到两汉之间，是中国古代最早的一部词典，也是儒家十三经中的一部。"尔"即"迩"，也就是"近"的意思；"雅"即"正"，在这里特指"雅言"，也就是当时官方正统的读写语言。我们知道《尚书》中记录的主要是夏商周三代君对臣的诏令、臣对君的奏议以及君臣间的对答，这些材料自然是以"雅言"写就。在《尔雅》成书之时，夏商典籍中的雅言对于时人来说已经十分晦涩，这本书的目的，就是用当时人通行的语言来阐释典籍中的字义。所以说，如果要读懂《尚书》，第一步就是掌握字词，而字词的释义，就来自《尔雅》。

第三个是《诗》。诗是言志的，所以"摛风裁兴，藻辞谲喻，温柔在诵，故最附深衷矣"，也就是说，《诗经》在言志的时候，使用比兴手法。朱熹《诗集传》说，"比"是"以彼物比此物"，

"兴"则是"先言他物以引起所咏之词"。"比"相对好理解,如《卫风·硕人》中的"手如柔荑,肤如凝脂。领如蝤蛴,齿如瓠犀",就是连用四个比喻来描摹女主人公的美貌。"兴"则比较抽象,一般用在诗篇或小节的开头。我们最为熟悉的《周南·关雎》,就是以水鸟和水草起兴——诗人发现了自然景物和君子淑女之情中共同的生气勃勃之特质,故以此为发端。"比"和"兴"作为两种手法可以分而论之,但在《诗经》中又常常融为一体,比如《卫风·氓》的"桑之未落,其叶沃若""桑之落矣,其黄而陨",就是比、兴手法的混用。刘勰认为,因为比兴手法的大量使用,《诗经》的言辞华丽,比喻奇谲,有温柔敦厚的特点,适合表达很深沉、很隐蔽的情感。"深衷"就是指很深沉、隐晦、曲折、难以诉说的情感,这种情感最难表达,而《诗经》就能够表达出来。因此,《诗经》是以抒情见长的。

第四个讲到《礼》。广义的《礼》实际上包括《周礼》《仪礼》《礼记》三本记录古代礼乐制度的典籍,东汉末郑玄为它们作注之后,合称为"三礼"。《周礼》传说是周公旦所作,包含了治国理政的种种名物制度,上至天文地理,下至草木虫鱼,可谓无所不包;《仪礼》主要聚焦于士大夫的行为规范;《礼记》则是对于《仪礼》展开思想上的阐发。《礼》要确立一种规范,它依据具体事务而确立法度,条款详细周密,照着实行起来,效果非常显著,因此它的只言片语都非常宝贵。我们所熟知的很多格言,都是来自《礼记》。这些格言经过千年的沉淀和凝练,又形成了成语。"四书"的《大学》《中庸》其实都是《礼记》的选篇,著名的"修齐治平""明明德""新民""止于至善"都是出自《大学》。

最后讲到《春秋》。前面已经讲过，《春秋》一字褒贬，这里刘勰又举了两个例子——"五石六鹢"和"雉门两观"，都显示了《春秋》记事的简洁和严谨。"五石六鹢"出自《春秋·僖公十六年》："陨石于宋五。是月，六鹢退飞，过宋都。""陨石于宋五"记载一个天文事件，就是五块陨石掉在宋国的土地上，不仅简洁，而且先说什么、后说什么，都很有讲究——把"陨石"放在前面，然后再说地方，最后说数量，严格遵守事情发生的过程。因为作为一个观察者，最先听到的是有东西掉下来了，然后才看到是石头，知道掉在什么地方了，最后走近去数一数，才知道是五块。如果按照语法，我们应该说："某年某月，有五块石头掉在宋国的土地上。"但是《春秋》不这样写，它是按照人们观察事情的先后。因为《春秋》是史书，讲究事情的真实性。"六鹢退飞"也是如此：远远地望去，看见六只鸟；仔细观察，是六只鹢鸟；再慢慢地观察，鹢在退飞。"雉门两观"出自《春秋·定公二年》，"雉门及两观灾"讲的是一场火灾。"雉门"就是宫门，是鲁宫的南门；"两观"是宫门两旁的建筑。先说"雉门"，再用"及"字，是为了表明尊卑、主次之别："雉门"是尊，是主；"两观"是卑，是次；"雉门"重要，"两观"相较而言没有"雉门"那么重要。《春秋》非常讲究语言的先后顺序，从而很隐蔽地表达出深刻的用意。

最后刘勰又专门挑出《尚书》和《春秋》来讲它们的对立性特征。《尚书》"览文如诡"，"诡"就是非常古奥，看起来好像看不懂。"寻理即畅",把道理搞清楚了,文意就变得很通畅了。《春秋》恰恰相反,"观辞立晓",一看就懂了,可是"访义方隐",要去追寻为什么这样,意义却很隐蔽。《尚书》是难中有易,《春秋》是易中见难,可见圣人写文章各有各的风格、各有各的重点。

第二层面是讲"五经"分别是各种文体的起源和根本。刘勰在总论之后就要讲文体论,讲到三十多种文体。刘勰认为每一种文体都来自"五经":

> 故论说辞序,则《易》统其首;诏策章奏,则《书》发其源;赋颂歌赞,则《诗》立其本;铭诔箴祝,则《礼》总其端;记传盟檄,则《春秋》为根:并穷高以树表,极远以启疆,所以百家腾跃,终入环内者也。

刘勰讲了源于"五经"的二十种文体。"论说辞序,则《易》统其首。"大体上,"论"和"说"是议论文,"辞"和"序"是说明文,今天说的议论文和说明文都是从《周易》开始的。《周易》是哲学书,哲学书里面有议论也有说明,要说明每一卦的含义。《周易》除了"经"之外还有"传","传"实际上是对"经"的说明。"诏策章奏,则《书》发其源。""诏"和"策"是君对臣的文书,"章"和"奏"是臣对君的文书,都是公文。《尚书》是公文体的源头。《尚书》是记言体,所记的都是君主的诏令、对臣下的告诫,以及臣子所进献的良策、对君王的劝谏。比如我们很熟悉的"诗言志",就是舜帝对主管音乐的臣子夔所下的命令:"夔,命汝典乐。"然后是夔的回应,实际上是一种公文体的发源。"赋颂歌赞,则《诗》立其本。""赋颂歌赞"就是今天所谓的纯文学,它的源头是《诗经》。"铭诔箴祝"是应用性的文字,是与纪念、悼念、宗教祭祀这样一些活动有关的应用性文字,与政治社会、伦理教化有关。这些文章是"《礼》总其端",是由《礼记》而来的。最后"记传盟檄",也就是史传体,以"《春秋》为根"。《春秋》是叙事之首,后来刘知几写《史通》,认为《左传》是"叙事之最",而《左传》是对《春秋》的阐释。刘勰分别就议论文、说明文、公文、纯文学、应用文、史传体这几类进行了分析,指出这些文体都来源于"五经"。因此,"五经"在文体层面是一个高标,是一个规范,所以刘勰总结说:"并穷高以树表,极远以启疆。"可见"五经"作为文体的源头,是一个最高的标准,也是一个行文的规范。因为它是高标,是规范,所以后来"百家腾跃,终入环内"。周振甫把"百家"解释为诸子百家,我觉得最好是广义地理解为"后来的所有文章":不管后来的文章如何腾跃,都在经典的圈子里面。

我们再回到本章的标题"青春梦孔"。《序志》之中的两个梦,无疑是象征着刘勰思想中来自周孔之道、"五经"之文的儒家思想资源。这种思想资源又具体表现在两个大的层面:第一个是《文心雕龙》的写作动机。刘勰的创作动机首先来自儒家的人格理想,即"圣人"人格;他对题目的选择,也来自对文章与儒学关系的明智判断,即在前人注解经书的道路之外,另走一条论文的道路，最终的目的是"征圣"。第二个是《文心雕龙》的文学理想。刘勰是从文学写作的角度来体现儒学理想，把儒家的"五经"视为后世一切文章的起源、楷模和理想，文学创作的原则就是"宗经"。就是在这两个层面上，我们说儒家是刘勰写作《文心雕龙》的重要思想来源。

第二章
《序志》言庄

"生也有涯，无涯惟智。逐物实难，凭性良易。傲岸泉石，咀嚼文义。文果载心，余心有寄。"这首诗是《文心雕龙·序志》篇末的"赞"。《文心雕龙》每一篇末都有一首四言八句诗，这种文体就是"赞"。《文心雕龙·颂赞》说"赞者，明也，助也"，篇末"赞"的作用是辅助正文来说明文义。《文心雕龙·序志》正文讲的是本书的创作动机、写作背景和组织架构，如上一章《青春梦孔》所言，刘勰主要用的是儒家的术语和范畴，而《序志》末尾的"赞"则展示了刘勰的道家观念。"生也有涯"是来自《庄子》的典故，"傲岸泉石"也是归隐的含义。在这一章，我们将阐述《文心雕龙》所体现的道家思想资源和老庄美学特点。

一、自 然 之 道

在《原道》篇里面，"自然"出现了两次，一次是"心生而言立，言立而文明，自然之道也"，这是刘勰的文学本质论。什么叫文学？文学是如何产生的？刘勰的回答是："心生而言立，言立而文明。"他怎样得出这个结论的，我们等下再讲。第二次谈"自然"是"夫岂外饰，盖自然耳"，这个是讲文学美在何处。文学的美不是外在修饰的美，而是一种自然的美。用自然之美来讲文学，这个也是刘勰的创建。我们就从这两方面来看刘勰有关文学本质的看法。

刘勰得出"心生而言立，言立而文明"的结论，是从天地之文开始谈起的：

> 文之为德也大矣，与天地并生者何哉？夫玄黄色杂，方圆体分，日月叠璧，以垂丽天之象；山川焕绮，以铺理地之形：此盖道之文也。仰观吐曜，俯察含章，高卑定位，故两仪既生矣。惟人参之，性灵所钟，是谓三才。为五行之秀，实天地之心，心生而言立，言立而文明，自然之道也。

开宗明义，刘勰第一个提出的是文之"德"的问题。这个"德"，虽然龙学界众说纷纭，但是各家一般认为不是儒家的"德"，不是指儒家的伦理道德，不是三不朽中的"太上立德"之"德"。它指的是道家的"德"，是老子《道德经》的"德"。在《道德经》中，"道"是本体，"德"是由"道"所生成的一种属性，或者说是"道"的一种规律性。换言之，遵循老子的"道"，就会有所"得"（德）。如果说"道"是美学里的"合规律性"，那么"德"就是美学里的"合目的性"，相当于儒家的"善"。"文之为德也大矣",文章所具有的德是伟大的,文章所具有的规律性也是普遍的。这种普遍性与天地并生,故需要从天地讲起。

玄黄、方圆描述的是天地的颜色与形状。所谓"天地玄黄""天圆地方",都是古人对天地的原始想象。"日月叠璧,以垂丽天之象;山川焕绮,以铺理地之形。""日月丽天"出自《周易·离卦》,大家注意"垂"和"铺"这两个动词用得非常传神,翻译成现代汉语,每一个字都需要用两个动词才能说清楚。日月像两块重叠的宝玉,高高地悬挂在天空,以垂示昊天的美丽。在上句话中,我用了两个动词,一个是"悬挂",一个是"垂示"。山川河流像锦绣一样,铺展在大地上,来彰显大地的形象。这里也用了两个动词:"铺展"和"彰显"。这两个都是讲天地的"文",也就是"道之文"。"道"是没有形体的,无声无形,当然也没有语言,但是我们可以通过外在现实的物象来把握"道"。或者可以这样说,"道"本身虽然无形无声,但是它可以通过山川、日月来展示自己。

人们怎么来观察"道"呢?仰观俯察。"仰观俯察"出自《周易·系辞上》。《周易》记载伏羲氏作八卦是"仰观天文,俯察地理"。仰观俯察之后,就"高卑定位"了,两仪即天地就产生了。两仪之后出现了第三者,"惟人参之","参"就是参与其中。"性灵所钟","钟"是聚集的意思,在天地之中的人集中了天地的灵性,成为与天地并立的"三才"。太极、两仪、三才都是《周易》的概念。人是五行之秀、天地之心,公元5世纪末的中国就出现了这种认识,而西方莎士比亚在17世纪才通过哈姆雷特之口喊出人是"宇宙的精华,万物的灵长"。在天地之间是人,人也是宇宙的一个部分，人是天地之心。"心生而言立"，人是会说话的动物。人诞生了，语言就确立了；语言建立了，人文就彰明了。大家注意"言立而文明"，这里的"文明"不是一个名词，而是一个主谓词组："文"是主语，有文化、文章、文学、文采之义，也就是作为名词的"文明"之简称；而"明"是谓语，有彰显、灿烂、辉煌、炳耀之义。所以刘勰这里说"言立而文明"中的"文明"，译成现代汉语就是"文化或文明就灿烂辉煌了"。语言建立后所彰明的"文"，就是指"人之文"，是指文章、文学，这就是"自然之道"。

刘勰所谓的"道"是道家的范畴，而非儒家的"道统"，这点已经比较明确了。值得注意的是，刘勰的"道"，在老庄之间更接近于庄子之"道"。老子的"道"是什么样的呢？在《道德经》中，它被老子所描述、论证而体现出来的形象，很接近于西方传统哲学中的"逻各斯"。"道可道，非常道""无名天地之始"，老子的"道"是拒绝被言说的，语言只能勉强、模糊地指代和描述它。它是玄奥隐晦、难以企及的，即便描述它，也要采用本体论的思维方式，如"道生一，一生二，二生三，三生万物"。庄子的"道"和老子的"道"并不相同，在庄子哲学中，"道"可以被各种瑰丽奇幻的意象和寓言所表述：化为鹏的鲲、不知晦朔的小虫、巨大的葫芦、姑射仙人、河伯与海神……庄子的"道"更接近刘勰的"自然之道"，是一种形象思维的认知方式，可以用经验和现象来形象化地言说最本质的"神理"，也就是刘勰所谓的"道之文"。

通观这一段的论述，"道之文"和"人之文"的并列有两层意义。第一层意义是刘勰在比喻的意义上告诉我们"人之文"和"天地之文"的相似之处，天地是用日月山川为代表的"道之文"来显示自己的道；人是用语言即"人之文"来显示自己的道。按照韦勒克的观点，有两种比喻：一种是简单的比喻，如"姑娘像鲜花一样漂亮"；还有一种，比喻的喻体和主体是同质的，如"我的爱人是一朵红红的玫瑰"，它既是比喻，又不是比喻，我的爱人就是一朵玫瑰，她有玫瑰的高雅、忠诚、纯洁，二者是同质的。同样，在刘勰这里，"天地之文"和"人之文"一方面是比喻意义上的，也就是说，人用自己的语言来言说道，就像天地用日月山川来言说道一样；另一方面，两者又是同质的，因为人也是天地的一部分，人和天地一样，用自己独特的符号——语言来言说自己的道。这种言说的过程、结果，乃至本质，就是自然。所以说，文学的本质就是自然。刘勰从道家的自然来阐释文学的"自然之道"，这是我们所讲的自然的第一层含义。

第二层含义是自然的美。刘勰在前面就已经谈到自然的美，这里专门谈到"动植皆文"：

> 傍及万品，动植皆文：龙凤以藻绘呈瑞，虎豹以炳蔚凝[1]姿；云霞雕色，有逾画工之妙；草木贲[2]华，无待锦匠之奇。

---

[1] 炳：光亮。蔚：繁盛。凝：聚集。
[2] 贲（bì）：装饰。

夫岂外饰，盖自然耳。至于林籁结响，调如竽瑟；泉石激韵，和若球锽①：故形立则章成矣，声发则文生矣。夫以无识之物，郁然有采，有心之器，其无文欤？

龙凤用漂亮的纹理色彩来显示祥瑞，虎豹用花纹来显示雄姿。后来刘勰在《情采》篇里讲"虎豹无文，则鞟②同犬羊"，虎豹如果没有花纹，它们的皮革就和狗、羊的一样。"云霞雕色，有逾画工之妙；草木贲华，无待锦匠之奇。"云霞形成的美丽色彩，比画家所画的还要美妙；草木开花的漂亮之状，不需要锦匠的加工，本身就很神奇了。就是说，自然界自身的美，不是靠外饰得到的，不需要人为的修饰，本身就很美。我们形容一件作品，特别是绘画作品，常常拿它来和生活对比，说它画得好，像真的一样。像真的一样，就说明真的比艺术品更美。艺术品只能像自然，而不能等于自然。后面又讲到"林籁结响，调如竽瑟；泉石激韵，和若球锽"，竽是吹奏乐，瑟是弹拨乐，球、锽是打击乐。风吹树林的声音，这种谐和就像吹竽弹瑟一样；泉水拍打石头的声音，就像敲钟击磬一样。刘勰把自然的美和人为的美相比，也是讲自然的美。写文章也是这样，"形立则章成矣，声发则文生矣"。最后刘勰归结说："无识之物，郁然有采，有心之器，其无文欤？"前面讲的这些，动物、植物、云霞、树林、泉

---

① 球：玉磬。锽：钟声。
② 鞟（kuò）：去毛的皮。

水等等，没有思想的器物都有自己的文采，那么人作为"有心之器"，怎么能没有文呢？人的这种文也是自然的一种美。

这一点以后我们讲刘勰的言说方式的时候还要讲到，比如他讲对偶，讲骈俪，我们认为是一种人为美，刘勰却认为是一种自然美。刘勰认为美的理想就是自然，是不需要修饰的东西。这是"道法自然"的第一层含义，就是刘勰用道家的"自然之道"作为文学的本体之论。这样一个观点始终贯穿在刘勰的文学理论之中。

二、自 然 之 势

上一节"自然之道"讨论的是刘勰的本体自然论，也就是刘勰如何以"自然之道"作为文学的本体之论；这一节我们要讨论的是刘勰的风格自然论，也就是刘勰如何以"自然之势"作文学的风格之论。就后者而言，刘勰认为文学作品最好的风格、最美的风格就是"自然"。我们来看《定势》篇：

> 夫情致异区，文变殊术，莫不因情立体，即体成势也。势者，乘利而为制也①。如机发矢直，涧曲湍回②，自然之趣③

---

① 乘利：顺其便利。制：裁定，使之成形。
② 涧：两山间的水。湍（tuān）：急流。
③ 趣：趋向、趋势。

也。圆者规体,其势也自转;方者矩形,其势也自安:文章体势,如斯而已。是以模经为式者,自入典雅之懿;效《骚》命篇者,必归艳逸之华;综意浅切者,类乏酝藉①;断辞辨约者,率乖繁缛:譬激水不漪,槁木无阴,自然之势也。

《定势》篇探讨的是文章体势的问题。关于《定势》篇,黄侃先生有一个很有名的观点,他说刘勰"彼标其篇曰《定势》,而篇中所言,则皆言势之无定也"。刘勰的篇名叫《定势》,实际上所讲的都是无定之势。所谓"无定之势",就是一种自然之势,自然之势是没有一定之规的,是随体赋形的,也就是《定势》篇里所说的"即体成势"。

刘勰讲不定之势,也是用自然物来举例。他一开始就举了两个例子:"机发矢直,涧曲湍回。""机"是古代的一种弩箭,用一种机关(相当于枪的扳机)来发射,扣扳机这个动作本身就决定箭射出去是直的,弩箭扳机的"体"决定了它发出去的"势",这就是"即体成势"。再看"涧曲湍回","涧"是河沟,河堤是弯曲的,所以河里的水就湍急回旋。同样的道理,长江在下游平坦的地方奔腾向前,是直的,但是在上游就有很多回旋的地方。根据河床的形体形成水流的"势",这就是"自然之趣"。这个"趣",一般解释为"趋势"的"趋"。"圆者规体,其势也自转;方者矩形,其势也自安。"圆的物体,放在地上就会滚动;方的物体,放着就

---

① 酝藉:含蓄。

不会动——体势自然安定。这些比喻都是为了讲文章的体势。

文章的体势实际上和自然的体势是一样的，具有什么样的体，就有什么样的势。学习《诗》的文体，文风就会典雅；学习《骚》的文体，风格则会走向华丽。在中国文论中还有很多关于文体与文势对应关系的论述，尤其是关于诗词之分，最著名的就是王国维的"词之为体，要眇宜修"。诗言志，词传情，词长短不一的句式、曲折迂回的声律，较之诗歌，更方便书写幽微隐曲的感情。因此，周邦彦、姜夔、吴文英、王沂孙等"婉约派"词人，在词史上的后继者要远多于辛弃疾、张孝祥、刘过等"豪放派"词人。清代的浙西词派、常州词派都以姜派词人为宗。到了王国维《人间词话》推尊"词体"，更是以唐五代到宋初的花间词、南唐词、晏殊、欧阳修为典范，因为他们的词短小精炼，又具有丰富而隐深的情感蕴藉，更符合词体应当有的风格。再如，写悼词，也就是"诔"，文体就应该是悲哀的，要写得真实；写公文，就要比较严肃，不能去抒情。马尔克斯小说《霍乱时期的爱情》中的男主人公感情充沛，他的情书写得非常好，但是没有工作。他的叔叔是一个码头的老板，就让他去做一个发货员，每天开发货单，结果他把发货单写得像情书一样抒情，经常误事，造成生意亏损，最后被炒了。他没办法只好摆摊去写情书，成就了很多年轻人的幸福。把发货单写成情书，就违反自然之势了。

接下来刘勰又举例说明自然之势的道理，也就是"激水不漪，槁木无阴"。湍急的流水，是没有沦漪的，只有平静的水，才会有一圈圈的涟漪。黑格尔说，一个小孩子拿一个石子扔到平静的湖水里面,激起一圈圈的沦漪,这就是这个小孩子的作品。但是你往湍急的流水里扔再多的石头,也不会激起涟漪。枯槁的树木是不会有树荫的,这就是自然之势。刘勰在这里讲自然之势,实际上是讲文章的定势要符合文体的自然,而不要违反文章应该有的体势。"涧曲湍回""激水不漪",都是用水来讲自然之势。

用水讲自然之势,成为中国文论一种一以贯之的传统。尤其是在道家哲学和美学中,"水"是具有丰富意义的一个文化语码,它直接关涉着"自然"的含义。从老子开始讲"上善若水",当然老子主要是用水来讲"道",说水"几于道"。庄子讲水,"水静则明烛须眉,平中准,大匠取法焉",水在平静的时候就能照出人的面容,而且还能够成为大匠取法的一种标准。这也是用水来比喻。庄子讲水之静,后来韩愈则讲水之动,也就是很有名的"不平则鸣",韩愈说:"水之无声,风荡之鸣。"没有风的时候,水是没有声音的,风震荡它就会发出声音,也就是苏轼所说"惊涛拍岸,卷起千堆雪"。庄子和韩愈,一个讲水之静,一个讲水之动,看起来是相反的,其实都是自然。因为在自然状态下,水有静的时候,也有动的时候,或者说,有的水是动的,有的水是静的,关键在于二者都是自然之势。那么苏轼把庄子的水之静和韩愈的水之动融合在一起,说自己的文章"如万斛泉源,不择地而出……常行于所当行,常止于不可不止"。遇到高坡就往回流,遇到曲折的山势就绕过去,滔滔汩汩,奔腾向前,遇到平坦的地方就停下来,有时候静,有时候动,有时候直,有时候曲,有时候急,有时候缓,有时候很响,有时候很安宁,或动或静，其实都是顺其自然。所以自然的风格是最好的风格。

但是这里面有一个问题我们必须要交代，就是讲自然并不反对人为，因为人也可以创造一些自然的东西，比如公园、草地、花卉，大到一个城市的绿化设计，小到一个卧室的装修，都可以通过人为来达到一种自然美。中国古代的园林艺术就体现了自然美在人为设计下的表现：曲径通幽、移步换景、小桥流水、亭台楼阁的风景，虽是经由人工设计，却能够集中充分地展示人在自然中"天人合一""诗意栖居"的自然美。

实际上，"自然美"的概念是离不开人为塑造的，我们每个人的童年经验也可以证明这点：小时候出去玩，更喜欢逛游乐园；直到年长了，有一定的社会阅历和审美经验了，才能欣赏游山玩水的美。马克思认为"自在的自然"经过人的作用，就会转化为"自为的自然"，也就是"人化的自然"；海德格尔更是认为"自然"是属于大地的，它将自我遮蔽起来，只有通过"此在"，也就是人类的作用，才能把封闭、遮蔽的"自然"，转化成澄明、敞开的"自然"，自然美也正是在人为的过程中显现出来。中国古代对于"自然美"的想象，正是在人为的文艺作品和哲学思想中逐渐塑造起来的。

中国人对"自然美"的想象，最具代表性和流传度的就是"采菊东篱下，悠然见南山"，但自然真正成为中国文学的审美对象，则经历了漫长的历史层累。在《诗经》《楚辞》时代，山水是作为依附的"比兴"之物，它们作为物象，在"起兴"之后就被忘却，而且和诗人的意旨并没有紧密的关联。到了魏晋，玄学家王弼提出"得象忘言，得意忘象"，山水在东晋玄言诗中，仅作为诗人通向"玄"和"意"的工具而存在。南朝宋的谢灵运诗歌中，山水终于成为诗歌中独立的审美对象。唐代的王维赋予山水以禅宗的空灵和超越之美。宋代的哲学思想让文人把关注视点转向日常生活，人们试图在人类社会的生活和自然世界之间建立起互通的自然美学，于是苏轼"发现"了陶渊明，就像海德格尔"发现"了荷尔德林一样，把陶诗中自然美和人为美相结合的那种审美特质，阐发了出来。因此自然和人为并不是截然对立的，甚至"自然美"这个概念，是人以自然为模仿对象，按照自然的规律、法则，通过人为的设计，来达到一种美的境界。

唐代的皎然提出一个很著名的观点，叫作"取境"说，"取境"就是意境的创造。因为意境是以自然为美的，好的意境就是一种自然的意境，但是文学作品的意境不能自然生成，必须由人创造出来——这个创造的过程就是"取境"。皎然有一个很形象的说明，认为取境的过程是"至难至险"，是最困难最危险的，甚至说"不入虎穴，焉得虎子"，而意境创造出来之后，好像是一气呵成，看似等闲。这就说出了一个很重要的规律：任何类型的文学作品，到了最高的境界，给人的直观感觉是最自然的、没有任何人工的痕迹，但是里面其实包含了创作者的很多心血；而且越是看起来自然的东西，花的心血就越多，这个心血既包括作者写作时所花的功夫，更包括作者为创作的积累所付出的辛勤努力，如读万卷书、行万里路、和各种各样的人交往、痛苦的思考、刻骨铭心的感情等等。皎然的"取境"说通过至难至险的取境来达到最平易、最平淡的自然，揭示出审美创造的一种重要规律：自然之美的创造，包括文学作品中自然之美的创造，要经历这样一种不自然的、人为的功夫，美的创造要经历这种很痛苦的历程。

三、凭性良易

下面我们谈刘勰的情感自然论，就是"感物吟志，莫非自然"。这句话出自《明诗》篇。《明诗》是《文心雕龙》的文体论之首，《明诗》说："人禀七情，应物斯感，感物吟志，莫非自然。""七情"有的解释为喜、怒、哀、惧、爱、恶、欲七种情感，其实也可以看作是一种泛指，指七情六欲，指人的所有情感。人类的情感由外物感召，那么人被外物感召来吟咏自己的情志，就是一种自然而然的行动。刘勰所说的"感物吟志，莫非自然"来源于《庄子》，《庄子》讲到人的情感要自然生发，最反感"强"。《庄子》认为人没有悲哀而哭是"强哭"，没有愤怒而要发怒就是"强怒"，没有爱心而笑是"强亲"，"强哭者虽悲不哀，强怒者虽严不威，强亲者虽笑不和"，不真诚的东西是没有力量的，因此《庄子》要讲究一种"真"。《庄子》提出"法天贵真"，《老子》说"人法地，地法天，天法道，道法自然"，"真"就是"自然"的核心和灵魂。"感物吟志，莫非自然"落实到创作中，就是"贵真"，即讲究情感抒发的真实性。

对于这一点,刘勰在《情采》篇里谈得非常细。《情采》篇的创作理论很复杂,这里主要讲一点,就是注重情感抒发的自然和真实。刘勰在《情采》篇谈道:

> 故立文之道,其理有三:一曰形文,五色是也;二曰声文,五音是也;三曰情文,五性是也。五色杂而成黼黻①,五音比而成韶夏,五性发而为辞章,神理之数也。《孝经》垂典,丧言不文;故知君子常言,未尝质也。老子疾伪,故称"美言不信",而五千精妙,则非弃美矣。庄周云"辩雕万物",谓藻饰也。韩非云"艳乎辩说",谓绮丽也。绮丽以艳说,藻饰以辩雕,文辞之变,于斯极矣。

"五性"有两种解释,最早的是《大戴礼记》"喜怒欲惧忧",欢喜、愤怒、欲望、恐惧和忧愁,实际上是五种情感。《汉书·翼奉传》里还有一种解释,说是从人的五种器官里产生的五种性情。哪五种器官呢?心肝脾肺肾。每种器官有不同的情绪,心主躁,肝主静,脾主力,肺主坚,肾主智。这样解释更有心理学的味道,"情"实际上是一种情绪,不光是情感了。这个"神理之数",也可以解释为自然之数。人的情感发而为辞章,是自然之数,是一种非常自然的东西。刘勰讲情感真实性的时候,举了

---

① 黼(fǔ)黻(fú):古代礼服上的花纹,"黼"是黑白相间的斧头形状,"黻"是黑和青相间的弓形,引申为色彩灿烂或鲜艳。

老庄的例子。老子"疾伪",厌恶虚伪,所以说"美言不信",认为漂亮的话都是值得怀疑的。庄子"辩雕万物",就是以巧言描绘万物;韩非"艳乎辩说",讲的是绮丽的风格。在先秦诸子中,文学、文采再怎么发展,也都要在"五性"的支配之下,文采决不能掩盖自然流露的情感。

《情采》篇里谈到"为情造文"和"为文造情"的区别,这是刘勰的一个很重要的思想。"为情造文"是有感而发,自然而然;"为文造情"是无感而发,为了铺排文采而编造情感。这里他举了两个代表:为情造文的是诗人,也就是《诗经》的作者,因为《诗经》里面大量的诗歌都是真实情感的抒发;为文造情的是辞人,主要指的是汉大赋作家。汉赋辞人有不少兼具诗人、学者和宫廷文人三重身份,如《甘泉赋》《羽猎赋》的作者扬雄,《二京赋》的作者张衡,他们既是跻身宫廷政治的臣子,又是学术著作等身的学者。作为宫廷文人,为了歌颂天子的威严,他们极力铺排汉代皇家园林、东西二京的豪华奢侈;作为学者,为了炫耀自己的学识,他们又极力使用大量的生僻字来描绘园林中的花鸟虫鱼、山川林木。然而作为诗人必备的主观感情,却不在辞人的创作动机之中。《诗经》是"志思蓄愤,而吟咏情性",本来就有一种愤怒,创作时只是把这种感情表达出来;而为文造情的汉赋是"心非郁陶,苟驰夸饰,鬻声钓世",心里没有激情,却要运用夸张,来沽名钓誉,换取名声。

从中西方的传统文学观点来看,"为情造文"是主流,"为文造情"一直是被贬抑的对象。西方17世纪一度流行新古典主义戏剧，代表性的理论家和剧作家有布瓦洛、高乃依、高特雪特等，他们标榜自己师法古希腊、古罗马，喜欢塑造"高大全"的完美人物，表现藻饰华丽的宫廷语言和贵族礼节，主张"理性"而反对"感情"，认为"理性"才是戏剧中最高的准则。到了18世纪启蒙运动在欧洲铺开时，德国理论家莱辛就在他的《汉堡剧评》中明确提出，塑造戏剧人物应当展示人物的真情实感。19世纪欧洲浪漫主义风行，更是高扬"为情造文"的意旨，使得作家的个人情感意志在作品中激烈地膨胀。我们所熟知的拜伦、雪莱都是那时的代表。实际上，直到当代，我们的中学语文教育尽管在作文实践上默许了"为文造情"，但在阅读理解方面仍然要求大家"提炼作者的思想感情"，实质上还是把"为情造文"当作文学创作的标准，把"披文以入情"当作文学鉴赏的标准。

但是，文学作为一门学科有它自身发展的轨迹，每一部文学经典、每一种文学理论的诞生都在探索文学的边界；当它们探索到一定程度时，自然就会要求文学的独立性——它不仅要独立于政治、社会、思想，甚至还要独立于作家的情感，也就会产生"为文造情"的趋向。清代的金圣叹在《读第五才子书法》，也就是他批点《水浒传》的序言中，认为《水浒传》的创作动机是这样的："施耐庵本无一肚皮宿怨要发挥出来，只是饱暖无事，又值心闲，不免伸纸弄笔，寻个题目，写出自家许多锦心绣口，故其是非皆不谬于圣人。"这岂不是刘勰贬抑的"为文造情"吗？西方现代的文艺理论更为激进：艾略特提出诗歌要"非个人化"，跟我们熟悉的"诗言志"迥异；新批评派提出"意图谬见"，作者本人的"意图"居然成了"谬见";罗兰·巴特更是提出"作者之死",认为"文"的内部有自己组织和衍生的规律,作者的意志情感并不重要——在他的理论中"为文造情"几乎是文学创作的必然了。法国新小说的代表作家罗伯·格里耶,他的作品《嫉妒》从一个丈夫的视角出发,看到妻子和邻居一起在自家庭院吃饭闲聊,尽管毫无证据,但他还是坚持认定这两人有私情。就这样一个鸡毛蒜皮的日常情境,格里耶却反复地调换时空和视角来书写它。他以一种报告式的笔法去写太阳影子落在阳台上的几何分割状态,写远处树林之间精确到几米的空隙,写墙上被打死的蜈蚣尸体和留下的痕迹。他在"文"上极其用力,而"嫉妒"这种感情,就完全是为了"文"而制造出来的,一种被展示的对象。

刘勰关于抒情要自然的观点,具有深刻的批判价值。这个批判价值,一是针砭刘勰那个时代的文学现状,二是对后代作文者的警示。和刘勰同时代的钟嵘在《诗品》中就主张"自然英旨",而且举例子说:"熙伯《挽歌》,唯以造哀尔。"熙伯写的《挽歌》是"造哀",也就是制造一种悲哀,这个悲哀是本来没有的。"造哀"其实也是历代作文的通病,我们可以举两个例子:一个是唐代的。我们知道唐代是以诗赋取士,所以唐代诗人给官员送礼,是送自己写的诗。据说有一个诗人献诗给自己的上司,里面有两句对仗非常工整:"舍弟江南殁,家兄塞北亡。"上司读了之后深表同情,想不到有人遭遇这么惨。没想到诗人一笑说并没有这些事,这样写只是为了追求对仗的工整。后来有人在这首诗后面加了两句"只求诗对工,不怕两重丧",讽刺这位诗人的"为文造情"。今天在应试教育的压力下,中小学的作文老师公开鼓励学生在作文中编造情节和情感,只要能得到高分,不管怎么编都可以。有个五年级的语文老师,在作文考试之后翻看试卷,发现儿子作文的第一句话说"我从小就失去了母亲"。这个就是"造哀",违反生活真实的"为文造情"。文学作品当然有虚构的权力,但虚构必须遵循艺术真实和情感真实的原则。这里的情感不一定是作家本人的情绪和意志,但一定要是潜藏在作品逻辑之内的、深层的情感。

本章我们根据刘勰的"自然之道",探讨了《文心雕龙》的本体自然论、风格自然论和情感自然论。《文心雕龙》的文学本体是"自然之道","道之文"和"人之文"都是物象对道本体形象化的言说。在"人之文"中,文体与风格应该互相适配,只有这样才能使作品产生自然的美感。最后,刘勰主张"为情造文",认为作品的辞采应该服务于自然情感的抒发。从《序志》的"逐物实难,凭性良易"开始,刘勰关于"自然之道"的文学思想,就显示出与道家思想资源,尤其是庄子思想的继承关系。

第三章
定林悟佛

刘勰的一生与上定林寺结下了不解之缘，从最初依附僧祐选择入住上定林寺，到在上定林寺完成旷世巨著《文心雕龙》，再到涉足仕途后重返上定林寺，改名慧地，远离尘事，一心研究佛学，可谓对刘勰的一生影响至深。前文已经介绍了儒道文化对刘勰《文心雕龙》的深刻影响，刘勰的儒道兼综之心已成定论，且有明确的文字根据。玄学对刘勰的影响也十分明显，例如"三玄"之一的《周易》，是构成刘勰《文心雕龙》十分重要的思想资源，大到《文心雕龙》篇目的设置，小到具体问题的讨论，都可以看出刘勰深受《周易》的影响。但是，佛教对刘勰思想的影响仍有争议。本章将围绕"楼台烟雨""佛性圆通"和"般若绝境"等关键词，着重探讨佛学与刘勰思想体系建构之间的关系。

一、楼台烟雨

刘勰生活在一个崇佛的时代,上至皇帝,下至庶民,都很信佛。正如杜牧很有名的两句诗:"南朝四百八十寺,多少楼台烟雨中。"据汤用彤先生考证,南朝仅仅首都就有超过了四百八十寺,全国实际存在的寺庙要远远大于这个数字。

佛教传播到中国有两种方法,一种是中国人出去求法,另一种是印度高僧把佛教带进来。刘勰大约出生于公元465年,在刘勰出生前后,有几件可以写进中国佛学史的大事。在刘勰出生之前,公元399年,高僧法显西行求法。法显当时走的是陆路,大致就是后来所说的丝绸之路,也就是从陕西到甘肃,再到新疆。走这条路是非常艰苦的,很多人在途中死去,死者的尸骨会成为后来人的路标。而两年之后的公元401年,印度高僧鸠摩罗什来华翻译佛经,在中国一直住到公元413年去世。

《梁书·刘勰传》载刘勰"家贫不婚娶",他的师傅僧祐十四五岁的时候逃婚到寺庙,也没有结婚。但就在刘勰写完《文心雕龙》之后,公元504年梁武帝下诏舍道事佛,宣布佛教为国教,并且在此后四次舍身同泰寺。所谓"舍身":一是舍财资,也就是将个人所有的财产物品全部舍给寺院;一是舍自身,也就是自愿进入寺庙为佛教僧众干一些杂活,从而为自己立功德。梁武帝的舍身和这两种都有点不同,他是进入同泰寺不愿回宫,让群臣用大量的金钱将他赎回。梁武帝不仅事佛,而且到了佞佛的程度,也可以说是为佛教献身。攻打梁武帝的叛军到了门口,梁武帝仍旧在斋房里面吃斋坐禅。一个皇帝只知吃素念佛,哪里还有精力管理国家、领兵打仗呢?到了公元520年,也就是刘勰去世前后,菩提达摩来到中国。众所周知,达摩是一位得道高僧,是中国禅宗的始祖。从上述的梳理中不难发现,从法显西行求法,到鸠摩罗什来华译经,到梁武帝舍身事佛,再到达摩开创禅宗这样一个有重大影响的佛教宗派,这一系列的事件都可以说明,在魏晋南北朝时期,佛学非常兴盛。

刘勰对佛学的研究,现在能够看到的成果有两项。一是《梁书·刘勰传》里面所记载的,他有很多佛学的书写:"勰为文长于佛理,京师寺塔及名僧碑志,必请勰制文。"二是现在流传下来的署名刘勰的佛学文本:第一个是《梁建安王造剡山石城寺石像碑》,这是刘勰所作的一个碑文。其中建安王名叫萧伟,是梁代的皇室;剡山则是一个地名。第二个是《灭惑论》,"灭"和"惑"都是佛教的专用术语。佛教有"四谛",分别是苦、集、灭、道。佛教认为人生是苦海,是火宅。"灭"就是要灭掉这些火,引导人脱离苦海;"惑"是佛的反义词,佛就是聪慧的意思,与佛相反的就是"惑",困惑、迷惑、愚昧,等等。"灭"和"惑"组合在一起,意思就是帮助那些不信佛的人消除困惑,使他们由迷而醒,由惑而慧,最终能够成为佛。刘勰《灭惑论》是有特指的,是为了批判齐代的一个道士,这个道士伪托张融写了一篇攻击佛教的文章,名为《三破论》。《三破论》指出佛教有三破:

破国、破家、破身。刘勰对此予以反驳，撰写了《灭惑论》，这是我们今天能够看到的刘勰的佛学著作。

二、佛性圆通

刘勰生活在一个佛学十分繁盛的时代，而且玄学的影响依然存在，即使刘勰没有在寺庙中居住过十多年，不曾成为僧祐的学生，也不可避免地会受到佛教影响。

异域文化影响的表现可以有两种不同的方式：一种是很浅薄的贴标签、贴商标的方式。例如，从西方学习一些新名词，比如建构、解构、后现代、后后现代等等，没有真正理解便用到中国。还有一种就是真正领会了外来知识，并将其精髓应用到自己的文化中。饶宗颐在《〈文心雕龙〉与佛教》里面说："凡二种不同文化经过接触交流浸灌之后，便可收融会贯通之效。刘氏的《文心雕龙》，正是一绝好例子。"诚然，两种不同文化，经过接触交流、融会贯通，你中有我、我中有你，成为一种思维方式。刘勰就是这样一个典型的例子。越是对佛教有深刻体会的人，往往越不会去贴标签，也不会去卖弄佛教的词汇，而是把佛教变成自己骨子里面的东西。

刘勰深受佛学影响最明显的表现，其实不是《文心雕龙》中"文心"这个书名，也不在于《论说》篇中"般若绝境"这样的用词，而是《文心雕龙》的体系性和方法论。在刘勰之前与刘勰之后，做文学批评的大有人在，这些人水平并不比刘勰低，比如钟嵘和刘勰相比就更有才气。读钟嵘的文章，可以发现钟嵘是一位大才子。《诗品》写得非常漂亮，品评文字很有文采，相比起来，《文心雕龙》的文字略显板滞。但是，才气超过刘勰的钟嵘，在中国文学批评史上的地位却居于刘勰之下，原因就在于钟嵘的《诗品》缺少体系性。也就是说，在刘勰所处的时代前后，以其才气之大、思想之深刻、文字之优美而超过刘勰的大有人在，但是就理论地位之高、著作之体大精深、理论建树之空前绝后而言，却没有人能够和刘勰相提并论。其中的原因固然很多，但至关重要的一点就是没有人可以做到像刘勰那样精通佛教。进一步说，在那些人中没有人能够像刘勰那样，把佛教的思维方法、逻辑方式真正地融会贯通，并且天衣无缝地应用到自己的文学理论系统中去。这种融会是一个很高的境界，有点像陈寅恪先生。陈先生精通西学，在国外读了好几所大学，他用汉语文言文写的文章中也含有西方的东西，中西文化在陈寅恪先生的文章中水乳交融，浑然一体。也正是因为这样，陈寅恪才能理解王国维先生。因此，仅仅从刘勰《文心雕龙》的体大精深，就可以看出佛学对刘勰影响之深远。

　　《文心雕龙》的理论结构和研究方法是怎样受佛教影响，做到"文理密察，组织谨严"的呢？

　　一部佛学经典大体上有三个要素：界品、问论、论末附偈。界品就是门类、种类。佛学经典的界品在刘勰《文心雕龙》中显示为文体论，从第六篇《明诗》到第二十五篇《书记》全部是文体论，相当于佛学的界品。问论则是在一问一答形式的辩难中来彰明佛理，特别是禅宗，善于采用一问一答的方式。《文心雕龙》第二十六篇《神思》以下，都类似于佛教的问论。佛学著作有论末附偈，刘知几在《史通·论赞第九》中谈到"篇终有赞"时，举出"释氏演法，义尽而宣以偈言"的例子。佛学著述，每一篇的后面有一个"赞"，这个"赞"是个偈语，也就是一首佛理诗，众所周知，六祖惠能就是以他的一篇偈语出名的。佛教著作的篇终有一个偈语形式的"赞"，这就是刘勰"赞曰"的来源。

前有界品，中有问论，而且每一篇都有赞，有偈语，这就是佛学经典的文本结构或组织方式。先秦诸子之中，有一些哲学论文非常富有思辨性，比如《庄子·齐物论》里面就有十分抽象的哲理。但是，它组织的严谨性，从每一篇的结构到整部书的组织架构，却是远远没有达到无可挑剔的地步。《文心雕龙》篇章的结构、整部书的理论架构，都非常谨严。

《文心雕龙》不仅在理论架构上受佛学的影响，而且在思维方式上也受到佛学的影响。《文心雕龙》的思维方式是怎样受佛教影响，做到"带数分层，要约明畅"的呢？

佛教里面有一个方法，叫"带数释"。佛教的一些关键词都是一个数词后面跟一个名词，如三世、三界、三法、三宝、三藏、四谛、五蕴、八戒、十二因缘、六十四戒、三百六十六戒等等。为什么使用数字呢？因为数理化的表述使得要表达的内容层次清楚，条理畅明。所以佛教经常用一些数字的东西，大到对宇宙世界的划分，小到一些很细节化的戒律，都用数字来表示。刘勰整理过很多佛典，阅读过大量的佛经，佛教的一些方法对他有很深的影响，自然成为他书写文学理论和批评的方法之一。饶宗颐把这种带数释的方法分成三种：单层、双层、多层。在《文心雕龙》里面，"单层"有很多，如《情采》篇：

> 故立文之道，其理有三：一曰形文，五色是也；二曰声文，五音是也；三曰情文，五性是也。

《知音》篇：

> 将阅文情，先标六观：一观位体，二观置辞，三观通变，四观奇正，五观事义，六观宫商。

其他如《宗经》篇的"体有六义"、《熔裁》篇里的"先标三准"、《丽辞》篇的"凡对"，等等，都是用带数释的"单层"方式。
《体性》篇中标举"八体"之后，又对八种风格的具体内容做了阐述，这种形式就属于带数释的"双层"：

> 总其归途，则数穷八体：一曰典雅，二曰远奥，三曰精约，四曰显附，五曰繁缛，六曰壮丽，七曰新奇，八曰轻靡。典雅者，熔式经诰，方轨儒门者也；远奥者，馥采曲文，经理玄宗者也；精约者，核字省句，剖析毫厘者也；显

附者，辞直义畅，切理厌心者也；繁缛者，博喻酿采，炜烨枝派者也；壮丽者，高论宏裁，卓烁异采者也；新奇者，摈古竞今，危侧趣诡者也；轻靡者，浮文弱植，缥缈附俗者也。故雅与奇反，奥与显殊，繁与约舛，壮与轻乖，文辞根叶，苑囿其中矣。

第一层先把"八体"的概念说出来，然后第二层从"典雅者，熔式经诰，方轨儒门者也"开始，用"……者……也"的句式"释名以章义"，一一解释前面所标举的八个概念，这种解释也是按照前面的顺序进行。最后总结，"故雅与奇反，奥与显殊，繁与约舛，壮与轻乖，文辞根叶，苑囿其中矣"。

《文心雕龙》使用带数释的方法有"多层"的，例如《练字》篇：

是以缀字属篇，必须拣择：一避诡异，二省联边，三权重出，四调单复。诡异者，字体瑰怪者也。曹摅诗称："岂不愿斯游，褊心恶呥呶。"两字诡异，大疵美篇。况乃过此，其可观乎！联边者，半字同文者也。状貌山川，古今咸用，施于常文，则龃龉为瑕，如不获免，可至三接，三接之外，其字林乎！重出者，同字相犯者也。《诗》《骚》适会，而近世忌同，若两字俱要，则宁在相犯。故善为文者，富于万篇，贫于一字，一字非少，相避为难也。单复者，字形肥瘠者也。瘠字累句，则纤疏而行劣；肥字积文，则黯黕而篇暗。善酌字者，参伍单复，磊落如珠矣。凡此四条，虽文不必有，而体例不无。若值而莫悟，则非精解。

《练字》篇是讲写文章怎样用字的，刘勰讲到写文章用字要善于选择，要避免一些不太好的方面，也就是"缀字属篇，必须拣择"。下文将详细分析带数释方法的应用。

第一层是：一避诡异、二省联边、三权重出、四调单复，也就是选字的时候要注意这四个问题。然后进入第二层，"诡异者，字体瑰怪者也"，对这种问题进行解释。这和前面"八体"相似，只是"八体"解释完就结束了，此处还有举例，这些举例就构成了第三层。"曹摅诗称：'岂不愿斯游，褊心恶呶呶。'"举例之后还有第四层，对各种弊端的批评，如批评"诡异"："两字诡异，大疵美篇。况乃过此，其可观乎！""呶呶"这两个字太怪异，大大损害了篇章的美好，那么超过两个怪异字的文章，还有什么可看的呢？汉赋里面有很多非常怪异的字，有些字甚至是司马相如等作家自己造出来的，这样的字对文章的负面影响是非常大的。

四层讲完之后，刘勰还有一个总结："凡此四条，虽文不必有，而体例不无。若值而莫悟，则非精解。"这四条并不是所有文章都会碰到，但是就体例来说，是肯定会有的，如果碰上了却没有感觉，那就不能称得上是精通练字了。刘勰在最后把话说得十分圆满。

如果把刘勰对选字的论述进一步放大，就会发现，这四层也是我们写文章常用的方法：先提出一个概论，即所谓的 key word；然后来解释它，给它一个定义；再举例论述；最后，就前面的例子做一个理论总结。和我们现在不同的是，刘勰写的是骈文，比较简洁，一层只有一句话，而我们现在一层就可以写很多内容，特别是在举例阐释的时候。

那么，前文讲到饶宗颐先生的例子还能够成立吗？答案是肯定的。其实《论语》《孟子》中就有很多带数释的方法，如：《论语·季氏》中的"益者三友，损者三友"，君子的"三戒""三畏""九思"；《论语·阳货》中的"六言""六蔽"；《孟子·公孙丑章句》中讲"性本善"时，说人有"四端"。换而言之，带数释的方法并不需要等佛教传过来，中国人才会使用。但是在行文中用得如此频繁，如此自觉，在刘勰这里是比较突出的。饶宗颐把这叫作"梵文华化"，也就是说，刘勰把梵文里的一些方法汉语化，使我们感觉不到它是一个外来的东西。这是很了不起的本事，例如，傅雷翻译的一些作品，以及傅东华翻译的《飘》，书中的地名、人名翻译得太好了，郝思嘉、白瑞德，虽然是根据音译来的，又是完全中国化的名字。可是今天又反过来——"中文西化"，很多人在写文章时刻意把中文欧化，喜欢运用很长的状语，几行字中才使用一个逗号。其实，真正精通外语的人是能够把西方的东西完全汉语化的，例如朱光潜的翻译，不管是黑格尔的《美学》，还是维柯的《新科学》，都难以看到西化的痕迹。因此，真正的翻译是以简洁言艰深，而不是以艰深言简洁，这也是翻译水平高下的一个重要标准。

三、般若绝境

龙学界有一位先生主张《文心雕龙》里有佛学，提出的证据是《原道》篇里"爰自风姓，暨于孔氏，玄圣创典，素王述训"，认为其中的"玄圣"就是释迦牟尼。我们看上下文，这句话其实很好懂："风姓"是指伏羲，"孔氏"是指孔子，"爰自……暨于……"就是"从……到……"，也就是从伏羲到孔子；后面的"玄圣"和"素王"，明显是要对应前面的，因为骈文是要讲究对应的，那么"玄圣"就是指伏羲，"素王"则是指孔子。"素王"指孔子很容易理解，但是，如果"玄圣"是释迦牟尼，那么"素王"就没有办法落实了。

如果硬要从字面上找佛学的痕迹，那就是《论说》篇里面谈到玄学论著时所说的"动极神源，其般若之绝境乎"。"般若"这两个字并不能按照字面来朗读，它的发音应该是读"波惹"，是一个佛教梵文的音译，就是"智慧"的意思。但是，刘勰在《论说》篇中所说的"般若之绝境"不是泛指，实际上是指东晋高僧僧肇所主张的"非有非无论"。因为这段文章的前面谈到西晋玄学，就是元康玄学的"有无之争"——王衍和裴頠，一个主张"崇有"，一个主张"本无"。刘勰就说，"崇有"和"本无"都有偏颇，正确的道理其实是僧肇主张的"非有非无论"，也就是"般若之绝境"。这个明显的佛学痕迹是在讲玄学时最后带出来的，并不是为了阐释佛学思想，因此也不能就此说《文心雕龙》里面有佛教思想。但是，在"动极神源，其般若之绝境乎"中，

"神源"的"神",可以作一个较为宽泛的理解。佛教重视"神",玄学也重视"神",重视神、重视神理,是佛和玄的相同之处。针对"动极神源,其般若之绝境乎",可以进一步了解刘勰写作《文心雕龙》的佛学与玄学背景,以及这个背景对刘勰写作的影响。

具体看刘勰的玄学背景。玄学是东汉末年随着儒学式微而兴起的一种新的哲学思潮。称作"新",其实是新瓶装旧酒,即玄学的瓶子里装的是先秦的旧酒,也就是道家的老庄,再加上一部《周易》。《周易》被儒家奉为"五经"之首,但其实是儒家的一厢情愿。陈鼓应就认为《周易》是道家的经典,不是儒家的经典。严格地讲,《周易》并不是专属于儒家的,它里面有很多道家的思想,比如常讲的言意观——"书不尽言,言不尽意",就是道家的思想。当然孔子又提出"立象以尽意",这只能说是对儒道的融合,并不是纯粹的儒家。儒道融合正是魏晋玄学的一个突出特点。

魏晋玄学有三期:王弼、何晏的正始玄学,嵇康、阮籍的竹林玄学,郭象的元康玄学。魏晋玄学三期围绕的根本问题,就是"本无""有末"。正始玄学以本为体,以有为用;竹林玄学"越名教而任自然",崇无而弃有,用道家的思想来解构儒家的思想;到了元康,又回到正始,崇有和本无又重新统一在一起。从玄学发展的阶段可以看出,这里的"有"和"无",可以分别解释成儒家和道家的思想。儒家主张名教,名教是"有";道家主张自然,自然就是"无"。玄学发展历程中,在王弼那里是儒道兼宗,王弼既注《老子》，也注《论语》；但是到了嵇康、阮籍，就极力反对儒家的礼教，指出"礼岂为我辈设也"；而到了郭象的《庄子注》，则又重新回到了儒道兼宗。

"三玄"之一的《周易》，是构成刘勰《文心雕龙》十分重要的思想资源，大到《文心雕龙》篇目的设置，小到具体问题的讨论，都可以看出刘勰深受《周易》的影响。《文心雕龙》五十篇是"大衍之数"，大衍之数就来自《周易》，准确地说是王弼注释《周易》里面提出的一个数字。在《周易》中算卦的时候会用蓍草，蓍草正好是五十根，拿一根不用的放在旁边，剩余四十九根，然后把四十九根任意分成两拨，一拨奇数，一拨偶数，不用的那一根是无用之大用——这就是刘勰结构《文心雕龙》的思路。《文心雕龙》共有五十篇，其中一篇为《序志》。《序志》篇既不是创作论，也不是鉴赏论，又不是总论，而是起到提纲挈领的作用，是关于《文心雕龙》创作动机、总体结构、写作背景以及选题理由的叙述，类似今天学位论文的开题报告。而且，刘勰无论讨论什么问题都喜欢从《周易》开始谈起，这一点从《原道》篇里可以看得非常清楚。玄学到了南朝时期，虽然有一些衰微，但是余波还在，从刘勰《论说》篇里对玄学文章的推崇就可以看出这一点。前文已经讲过《论说》篇，下面还是回到《论说》篇。

《论说》篇在谈到论说体的定义，也就是在"释名以章义"之后，开始"选文以定篇"。选文定篇从《庄子》开始说起，然后从"何晏之徒，始盛玄论"到"其般若之绝境"，几乎就是一部魏晋玄学简史：

> 何晏之徒，始盛玄论。于是聃周当路，与尼父争涂矣。详观兰石之《才性》，仲宣之《去伐》，叔夜之《辨声》，太初之《本无》，辅嗣之《两例》，平叔之二论：并师心独见，锋颖精密，盖人伦之英也。至如李康《运命》，同《论衡》而过之；陆机《辨亡》，效《过秦》而不及，然亦其美矣。
>
> 次及宋岱、郭象，锐思于几神之区；夷甫裴颜，交辨于有无之域：并独步当时，流声后代。然滞有者，全系于形用；贵无者，专守于寂寥；徒锐偏解，莫诣正理；动极神源，其般若之绝境乎！逮江左群谈，惟玄是务；虽有日新，而多抽前绪矣。

"何晏之徒，始盛玄论。"这是魏晋玄学的第一期，正始玄学，也叫何王玄学。聃是老聃，周是庄周，"聃周当路"是说魏晋玄学兴起，老庄成了当时的主流，孔孟的主流地位受到影响和挑战。兰石是傅嘏的字，《才性》是他所写的书，现在已经亡佚了。钟会有《才性四本论》，在《世说新语》里面有记载，内容主要是关于才性的合同离异，也是一部玄学的书。因为才性本来就是一个玄学的话题，讨论人的才能和他的性情、性格、德性之间的关系：是可以统一，还是不能统一？这个问题在现代也还有争议。仲宣是王粲的字，"伐"是骄傲的意思，"去伐"就是要除去骄傲之意。再如，"叔夜之《辨声》"是说嵇康的《声无哀乐论》。声音里面是否有哀乐呢？这也是一个玄学的话题。《声无哀乐论》是现存的不多见的清谈文本之一。"太初之《本无》"，太初是夏侯玄,《本无》从题目就可以判断出是讲道家的思想。"辅嗣之《两例》",辅嗣是王弼,《两例》指他的《周易略例》,《周易略例》有上下两篇故称《两例》。平叔是何晏的字,"二论"可能指他的《道德论》。上面讲的六篇都是玄学的前两期,也就是正始、竹林玄学时期有名的论文。

接着再看元康玄学。"次及宋岱、郭象",郭象是元康玄学的代表,郭象的《庄子注》非常权威,后人将它作为经典版本。"锐思于几神之区",上小下大叫"锐",在这里的意思是"深入","几神"指精微神妙,此处指深入到精微神妙的区域去思考玄学问题。"夷甫裴颜",夷甫就是王衍;"交辨于有无之域",是元康玄学的一个非常有名的争论。王夷甫主张本无,而裴颜崇有,本无和崇有的争论在当时非常激烈。因此,刘勰称赞说"独步当时,流声后代",二者在当时并驾齐驱,互不相让,对后来也很有影响。随后,刘勰就用他惯有的"唯务折衷"方法,对两者进行评论,认为"滞有"和"贵无"都有缺陷,并提出最好的是"般若之绝境"。这一点十分接近僧肇的"非有非无论"。从《文心雕龙·论说》用如此大的篇幅着重讲解玄学的内容,可以看出刘勰对魏晋玄学也是非常推崇的。

此外,刘勰"唯务折衷"的思想方法,贯穿《文心雕龙》全书始终,涉及诸多概念、范畴和命题,例如属于玄学范畴的"才性""言意""哀乐",具有佛学意味的"奇正",以及"情采""华实""比兴""隐秀"这类较为纯粹的文论术语,大多染上了"折衷"的色彩,或者可以称得上是"折衷"的产物。以"心物"为例,刘勰之前的思想家论心物关系,有"物感"与"心造"的区别。后来玄学讲"玄览",佛学讲"顿悟",都属于"心造"一派。大体上说,玄、佛家心目中的"象",并非是心感物而动的结果,而是心造的幻象。刘勰论"心物",是在前论旧谈基础上进行的折衷改造。

关于佛学对《文心雕龙》的影响,有两位龙学家的观点比较有代表性。第一位是杨明照先生,杨先生在《文心雕龙校注拾遗》里有一个很著名的观点:"《文心》全书,虽不关佛理,然其文理密察,组织谨严,似又与之有关。"第二位是饶宗颐先生,饶先生是一位国学大师,历任香港大学、香港中文大学以及美国多所大学的任课教师,研究敦煌学,也研究佛教、玄学和《文心雕龙》。对于《文心雕龙》的佛学思想,饶宗颐先生提出了两个论据:第一个论据是,"文心"是来自佛教的。正如刘勰自己写道:"文心者,言为文之用心也。""用心"一言出自陆机的《文赋》。但是,饶先生指出"文心"来自佛教。佛教常常用"心"来作为书名,在佛教里面,"心"是要解、精要的意思。佛教经典里面有一部《阿毗昙心论》,也可以翻译成《阿比昙心论》。"阿毗昙"就是佛学的音译,它的意思是指"无比法",就是无与伦比的佛法,或者又可以称为"最上法",至高无上的佛法。因此,《阿毗昙心论》就是佛教最上法的要解。而刘勰的"文心"也可能是受这个影响,解释为"为文的要解""作文章的要解"。那么,刘勰为什么不在《序志》篇里讲清楚呢?饶宗颐先生对此的解释是,刘勰需要用《文心雕龙》这本书去敲响官宦的大门,刘勰要为自己求得官位，而不是真的要去做和尚，因此不好讲佛教的典故，只是用"琴心""巧心"之类先秦诸子的典故来解释，这个是说得通的。饶宗颐先生的第二个论据是，刘勰实际上是用佛家的逻辑来支配、组织他的文学材料，用佛学的方法来表达他的文学见解。

再回到本章的标题"定林悟佛"，刘勰一生两次入佛寺，并且以僧人的身份辞世，可以说是始于沙门而终于沙门。上定林寺为刘勰跻身仕途提供了机遇，而且刘勰在仕途上唯一的晋升也与佛学有关。佛寺不仅为这位寒门出身的贫寒青年提供了较为良好的生存环境，而且为他撰写《文心雕龙》提供了重要的思想资料和方法论参照——刘勰方法论中的思辨论证色彩得益于佛学的滋养。佛学对刘勰文论的影响，主要体现在《文心雕龙》的理论结构和行文用语之中，正如范文澜认为刘勰《文心雕龙》全书的构想、条理清晰的理论及"圆通"等词语多受佛学思想的影响。对此，日本学者兴膳宏虽然对范文澜的具体分析（如《阿毗昙心论》与《文心雕龙》两书结构相似）提出异议，但是同意刘勰《文心雕龙》的理论结构明显受佛典影响这一观点。

权而论之，刘勰的"文心"之中，既有儒家的神理，又有道家的虚静，还有佛家的大智慧，借用苏轼的话说："孔老异门，儒释分宫，又于其间，阋律交攻。我见大海，有此南东，汇河虽殊，其至则同。"刘勰等观三界、兼宗三教，《文心雕龙》正是兼融儒、道、释三教的博观雅制。

第四章
《神思》博通

中国人重视孝道,每逢清明节扫墓祭祖。这种行为不仅具有文化意义,而且兼具心理学意义。扫墓人认真地向墓碑后面的逝者诉说、汇报的行为,蕴含了一种心理学内涵:扫墓人相信坟墓中早已逝去的亲人能够听到他们的倾诉。这种现象中国古已有之,后来被佛教发扬光大,形成了"形神分离"说。"形"和"神"可以分离,已经故去的、化作骨灰的是形体,但是他的神——精神和灵魂还存在,还可以和后人对话。佛教这种"神不灭"的主张,对中国人影响深远,刘勰《神思》篇创作论就和这种形神分离观有密切的关系。本章将围绕"神与物游""涤除玄览"和"神用象通"等关键词,解读刘勰《文心雕龙》的创作理论。

一、神 与 物 游

"神思"一词的源起,从广义上讲,出自司马相如的一段话。

司马相如在谈"赋心"时说,"赋心"最大,"包括宇宙,总揽人物",这种"赋心"实际上指作家的神思。其后陆机有言,"精骛八极,心游万仞","八极"和"万仞"也指整个宇宙,"精"和"心"是神的意思,意思是神在宇宙中漫游。此处已经有"神思"之义,但尚未出现"神思"这个词。及至东晋,玄言诗人孙绰《游天台山赋》中有两句:"驰神运思,昼咏宵兴。"这是最早把"神"和"思"二字运用在一句话里的文献。

最早把"神思"组合成词的,是南朝大画家、画论家宗炳,比刘勰稍早。他写过一本绘画名著《画山水序》,主张"卧游"。宗炳热爱作画,也喜欢游山玩水,一生走过很多地方。宗炳年老后,爬不动山也走不动路,于是选择躺在家中"卧游"。"卧游"是典型的神思,身体躺在那里,精神却在游历过的甚至没有游历过的山川里漫游。宗炳在《画山水序》中提出"卧游"概念,指出山水蕴含颇多趣味,"万趣融其神思",山水中所有的趣味都融会在主体的神思里,这是"神思"一词的来源。他还强调"应会感神,神超理得"与"应目会心"。

"神思"的定义是什么?刘勰在《神思》开篇用一句话概括:

> 古人云:"形在江海之上,心存魏阙之下。"神思之谓也。

这句话出自《庄子》[①],是刘勰很独特的一种定义方法。刘

[①] 《庄子·让王》:"中山公子牟谓瞻子曰:'身在江海之上,心居乎魏阙之下,奈何?'"魏阙:魏,高;阙,中缺有通路。指高大宫门前的两个台观。

勰经常用已有的文献给《文心雕龙》的关键词定义,例如"诗"和"乐府"等。宇文所安认为,刘勰此处的引用表明了自己非常复杂的心态:《文心雕龙》虽然多处继承陆机的观点,但是刘勰不愿意让他人看出自己在学习和效仿陆机,不想给他人留下自己跟在陆机后面走的印象。因此,本可以直接引用陆机"精骛八极,心游万仞",却出于避开陆机的目的,找到《庄子》这个更有资格的血亲和来源。宇文所安进一步指出,刘勰这种企图越过陆机、回到先秦寻觅庄子的方法,却又恰恰回到了陆机这里——"形在江海之上,心存魏阙之下"一句实则是陆机的人生写照。"江海"是长江大海,是陆机当年住的地方。陆机作为吴国显贵之后,在吴国灭亡后和弟弟在华亭①闲居,一心想着如何出来做官。"魏阙"是朝廷,狭义的"魏"国的宫阙正是指当时直接继承曹魏的西晋政权。人在长江和大海之滨,心却想着"魏阙",这正是陆机在华亭隐居,却很想去西晋做官的写照。

　　宇文所安对刘勰开篇引用的解读,未能做到言必有中。刘勰引用《庄子》的典故,却没有采用《庄子》的本义。《庄子》的本义如宇文氏所言,是说有些人身体在隐居,心却在朝廷,身在此而心在彼。但是,刘勰只是从一般意义上揭示形神的分离,形在此而心在彼,并用以定义"神思",没有宇文所安想得那么复杂。

　　"神思"所包含的形神分离的最内在含义不是刘勰所引的

---

① 华亭:今上海松江的古称。

话,而是《养生主》中"薪火之喻"以及《齐物论》谈形和心之别的一段。因此,"神思"还是来源于庄子。《庄子·养生主》的"薪火之喻",刘勰没有言及。"指穷于为薪,火传也,不知其尽也。""指"通"脂",树的可燃部分,"薪"指木柴。薪和木头里的油脂可以烧完,但火可以传下来,是"不知其尽"的。王先谦在注《庄子》时指出:"薪有穷,火无尽,形虽往而神常存。"《庄子·齐物论》:"形固可使如槁木,而心固可使如死灰乎?"形体可以像枯槁的树木一样,但是心可以像死灰一样吗?当形体像槁木一样,但心还是活的,这也可以作为一种形神分离的表述。所以,刘勰在开篇引用的《庄子》一句只是一个字面含义,只是它的能指之一。

何谓"神思"?用今天的文学术语说就是想象,也包括灵感,是指创作主体身在此而心在彼的心理状态。刘勰《神思》篇主要谈如何运用"神思"进行文学创作构思,即以想象为特征的艺术构思问题,运用"神思"进行文学创作具有"规矩虚位,刻镂无形"这一特点。整个《神思》篇都在谈想象:想象的界定、想象的作用("思接千载""视通万里""杼轴献功,焕然乃珍")、想象的情状("神与物游")、想象者的四个要素(情、志、气、辞)、想象者的差别("迟速异分")、想象的培养("虚静"和"养气")和在想象当中克服语言痛苦或语言困难的方法("博见"和"贯一")。不难看出,刘勰是从各个层面和各个角度讨论想象。

刘勰对"神思"的这些描述,的确未能超越陆机。陆机谈想象主要集中在"恒患意不称物,文不逮意",即探讨

"意""物""文"之间的关系。陆机认为,作家主体的"意"和外在的"物",以及作家用来表达"意"的"文"三者的关系,是作家在"称物逮意"时遇到的困难。刘勰同样是这一思路,他讲"神思"相当于陆机讲的"意",而且都有一个"物",也就是外物。刘勰也讲"文辞",讲想象的神奇,讲想象中主体和外物相接,讲主体如何用言辞表达对外物的体会及其困难。

但刘勰谈"神思"也有独特之处:第一,"涤除玄览",刘勰特别看重"虚静";第二,"神用象通",刘勰在谈神思时,提出了"意象"这一概念,这是中国古代文论中非常关键且重复频率几乎最高的一个概念。

二、涤除玄览

"虚静"一词源于老庄。老子讲"致虚极,守静笃",将"虚""静"二字分开谈。老子还讲"涤除玄览",其中"涤除"就是一种虚静的行为。老子从认识论的角度出发,指出虚静是得道之方。人要致道,认识、体会道,就要通过虚静这种方式。《庄子·天下》涉及诸多流派,其中有一派为宋尹派[①]。此派介于老庄之间,也讲虚静,认为"心能虚而静而致大明"。"大明"就是道,这实际上是对老子思想的一种沿袭。庄子是中国文论史上

---

① 宋尹派:以宋钘、尹文为代表的一派。

第一个把"虚""静"二字连接在一起的人,他在《天道》篇里用"水静"做比喻:

> 水静则明烛须眉,平中准,大匠取法焉。水静犹明,而况精神?圣人之心静乎!天地之鉴也,万物之镜也。夫虚静恬淡寂漠无为者,天地之平而道德之至,故帝王圣人休焉。

庄子指出"水静则明烛须眉",即水平静之后能够起到镜子的作用。水静还可以"平中准",发挥水平仪的作用,"大匠取法焉"。庄子也将"虚静"看作人的一种心理状态,指出"圣人之心静乎",接着讲"虚静恬淡寂漠无为"。

庄子和老子不同,老子只是谈到虚静,庄子则运用一系列寓言论证虚静的作用。老子讲虚静,只是从哲学和认识论的层面讲,庄子却把虚静当作艺术创作的重要方式。在《庄子》中,很多精彩的寓言都论及虚静,比如《天道》篇里的轮扁斫轮,再如庖丁解牛、梓庆削木为鐻、佝偻者承蜩、津人操舟等,也都是讲虚静。相比于老子只是一般地讲虚静,庄子结合不同的行当、专业论述如何达到虚静,这和艺术创作有直接关系。

庄子不仅运用寓言论证虚静,而且将这些寓言和"斋"相联系,例如"梓庆削木为鐻"就是典型的虚静。梓庆是"惊犹鬼神"的制琴大师,有人向他请教制琴巧技,梓庆的答案是要做到"斋",且分阶段地"斋",具体而言:第一阶段斋三天,忘记"庆赏爵禄";第二阶段斋五天,忘记"非誉巧拙";第三阶段斋七天,忘记自己的身体,即庄子强调的"心斋"——"堕肢体,黜聪明,离形去知,同于大通"。在达到彻底的虚静后,便可以去森林中寻找最好的、最适于做琴的树木。此外,"佝偻者承蜩"也是读者很熟悉的例子,佝偻丈人要斋至身体不动,练到身体像枯树枝一样,这样才能把蝉捕住。

刘勰所讲的"虚静"主要源自《庄子》,并且在《庄子》的基础上"接着讲"。《庄子·知北游》讲"心斋",说孔子请教老子如何至道,老子说:"汝斋戒,疏瀹而心,澡雪而精神,掊击而知。""而",尔也,汝也。老子教育孔子的这句话,被刘勰引用为:"陶钧文思,贵在虚静,疏瀹五藏,澡雪精神。"庄子借老子之口说的话,刘勰用骈文把它略加改动,其中"五藏"包括了"心"。

作为一位文艺理论家,刘勰所理解的"虚静"与庄子、老子有所区别,刘勰把虚静和创作联系在一起,认为虚静是创作的重要准备阶段。刘勰把准备阶段分解为以下四个方面:

积学以储宝,酌理以富才,研阅以穷照,驯致以怿辞。

博览群书,积累学问,就像储藏宝藏。"储宝"无论是作隐喻理解,还是作为一个表述,都意在说明积累像储宝一样。读书以后斟酌事理,结合对现实生活的思考,可以丰富自己的才能。研究自己的阅读和阅历(此处的"阅"既有对书的阅读,也有对社会的阅读),穷尽自己的目光;训练自己的情致,来演绎辞藻。文学创作所需要的学问积累、生活积累、思想提炼、言辞训练、眼光训练，在这里全部被提及。由此，我们再看刘勰讲的虚静和老庄谈的虚静已然不同。

刘勰所说的虚静，不仅是创作之前的准备，也是创作之中必备的。"神思方运，万涂竞萌"，神思已经开始启动了。如果上文讲神思之前的虚静，是为了培养孕育出神思而进入虚静，那么这句讲神思启动之后，也就是创作当中的虚静。"规矩虚位，刻镂无形。"这里的"虚位"和"无形"，是一种虚静的状态，也来源于陆机。陆机讲，人在神思时，要"课虚无以责有，叩寂寞而求音"。要研究"虚无"，在"虚无"中找到"有"；要去叩问"寂寞"，在"寂寞"中求到"音"。也就是从"无"当中找到"有"，进而从抽象的"神"当中找到具象的"形"。

文学创作也是如此，把抽象的"神"赋予具象的"形"。写得好的小说和诗歌，都应该是有思想的，一个没有思想的作家不是好作家。因为有思想，才能给思想赋予形体。这样的创作过程，实际上是一个从无到有的过程。刘勰把陆机的话引用为"规矩虚位，刻镂无形"。"规矩"和"刻镂"后面应该有一个"于"字，在虚位之中找出规矩，在无形之中刻镂形象。这都是从陆机那里来的，因为陆机也是在创作过程中讲虚静。陆机讲虚静，最精妙之处不是《文赋》开头的"精骛八极，心游万仞"，而是文章最后"应感之会"一段：

> 若夫应感之会，通塞之纪。来不可遏，去不可止。藏若景灭，行犹响起。方天机之骏利，夫何纷而不理。思风发于

胸臆，言泉流于唇齿。纷葳蕤以馺遝，唯毫素之所拟。文徽徽以溢目，音泠泠而盈耳。及其六情底滞，志往神留。兀若枯木，豁若涸流。

《文赋》这段话是动静交替地谈神思，谈灵感。"应感之会"是灵感，是神思的极致。因为灵感也是想象，是想象最发达、想象突如其来的时候。陆机讲应感之会，讲到动和静，"通塞之纪"，时而"兀若枯木，豁若涸流"，时而"行犹响起"。"方天机之骏利"是一种动静交替的状态：一方面，静可以孕育出动；另一方面，动要通过静加以节制、调整。作家灵感袭来的时候，可能会表现出不同于常人的疯疯癫癫，也就是汤显祖说的"怪怪奇奇"。但是作家又不同于精神病患者，因为他在疯疯癫癫的时候，还可以用自己的虚静来控制和理性地调节这种疯癫，让灵感、想象朝着它应该去的方向走。这就是"规矩虚位，刻镂无形"。

以上是关于虚静的讨论。

三、神用象通

刘勰在讲到虚静的准备之后，说道：

然后使玄解之宰，寻声律而定墨；独照之匠，窥意象而运斤：此盖驭文之首术，谋篇之大端。

夫神思方运，万涂竞萌，规矩虚位，刻镂无形。登山则情满于山，观海则意溢于海，我才之多少，将与风云而并驱矣。方其搦翰，气倍辞前，暨乎篇成，半折心始。何则？意翻空而易奇，言征实而难巧也。是以意授于思，言授于意，密则无际，疏则千里。或理在方寸而求之域表，或义在咫尺而思隔山河。

"玄解之宰"，有的本子写成"元解之宰"，其实应该解释为"县（悬）解之宰"，出处是《庄子》。《庄子·养生主》里讲到"县（悬）解"，"县"指倒悬之苦，"县解"即指解开这种倒悬之苦。把一个人头朝下、脚朝上倒着悬挂是很痛苦的，将他解开并放回原位，就是悬解，也可称为解悬。"宰"是主宰，是什么主宰着对倒悬之苦的解除呢？——心。"玄解之宰"就是指心。"寻声律而定墨"，指对文辞的驱遣。"窥意象而运斤"中的"意象"，可以解释为意中之象与象中之意的结合，一方面指作者创作意图中所包含的形象，另一方面也可以指作家观察到的物象当中所包含的内在含义。

　　刘勰接着讲："意授于思，言授于意。"这两个"授"后面应该加上"之"："意授之于思，言授之于意。"此处"意"指文意，即作品的内容；"思"指作者的思想，也就是孟子"以意逆志"的"志"，是作者的主观愿望。作品的文意是作者思想授予的，"意授之于思"。反过来说，作者把自己的思想变成一种文意。"言授之于意"，语言又是来自或受制于文意，文学作品的语言是其内容授予的。

这里就有了三个字的关系，即"思""意"和"言"。按照顺序来讲，先有"思"，即心思，作者的思想，就是前面讲的"思理为妙，神与物游"的"思"。这是最早出现的，主体在神与物游的时候产生思，即"文之思也，其神远矣"。简而言之，"思"是作者与外物交流时的一种想法，"登山则情满于山，观海则意溢于海"，"情"和"意"都是指作家的"思"。当作家受外物感召后有了创作的冲动，需要把"思"变成"意"（文意）。一方面，文意与外物的物象相联系，这个和外物相联系的"意"，就是"意中之象"，这是意象的第一个层面。另一方面，"意"必须变成一种文字形象，当它变成文字的形象时，就和"言"发生了关系，只有通过"言"这种手段才能把它变成形象。和"言"相联系的形象，是意象的另一层含义。因此，意象可以根据创作的过程分解为两层含义：一个是在"神与物游"时和物象产生关系，另一个是创作过程中"意"要靠文学语言来表达。无论哪种含义，都昭示了两种关系：创作主体之神思与客观外物的关系，作家想要表达的思想和用来表达思想的语言的关系。

上述两种关系有时候很难表达，刘勰把这种"语言的痛苦"经典地表述为两句话："意翻空而易奇，言征实而难巧。"作家想表达的内容、文意可以腾空，很容易出奇，想象可以不受任何羁绊，能够想到的都可以去想，可是一旦要把这个"意"变成语言，用一个个的汉字把它写出来就很困难了。刘勰有一个说法很形象，或许是每一位有过创作经历的人都有的体会："方其搦翰，气倍辞前，暨乎篇成，半折心始。"刚拿起笔时，心中的文气波涛汹涌，比将要写出的文辞，不知要多多少倍，有很多话要说，思如泉涌。但是，等到把文章写完，重新再读一遍，会发现并没有把想的写出来，写出来的文章，比写之前的想法，打了对折。究其原因，就是"意翻空而易奇，言征实而难巧"。

这种"语言的痛苦"——思和意、意和言之间的关系，很难把握，刘勰还有表述："密则无际，疏则千里。""思""意""言"三者的关系有时很紧密，天衣无缝，很流畅；有时又很疏远，相差千里。"或理在方寸而求之域表"，"方寸"指心，道理就在心里，却到外面去求，到疆域之外，舍近求远；"或义在咫尺而思隔山河"，义离作者很近，可是看不到找不到，作者的思考就隔着山河。这些都是"语言的痛苦"。

刘勰对语言痛苦的描写，实际上也是来自陆机：

> 于是沉辞怫悦，若游鱼衔钩，而出重渊之深；浮藻联翩，若翰鸟缨缴，而坠曾云之峻。

文思来得慢的时候，"沉辞怫悦，若游鱼衔钩，而出重渊之深"，言辞沉下去了不快乐，它很压抑、郁闷，就像鱼在九重深渊下，用一个普通的鱼竿是钓不起来的，因为渊太深，线太短。而文思来得很快的时候，"浮藻联翩，若翰鸟缨缴，而坠曾云之峻"，文辞突然来了，像箭一发出去就把鸟射下来了，可是这个鸟掉到了"曾云之峻"，又找不到了。这两个比喻都是对语言痛苦的表述。其实陆机并没有找出原因，"或竭情而多悔，或率意而寡尤",有时候竭尽全力收获的却是悔恨,但有时候率意自然地创作,反倒没有什么过错。

这种思想被刘勰继承了过来,用在了下面的描述中:

> 若情数诡杂,体变迁贸,拙辞或孕于巧义,庸事或萌于新意;视布于麻①,虽云未贵,杼轴献功,焕然乃珍。至于思表纤旨,文外曲致,言所不追,笔固知止。至精而后阐其妙,至变而后通其数,伊挚不能言鼎,轮扁不能语斤,其微矣乎!

刘勰将此分为了两种,一种是可以言说的。什么是可以言说的呢?刘勰说道:"拙辞或孕于巧义,庸事或萌于新意。"用现代汉语来讲,拙辞是巧义里面孕育出的,庸事是新意里萌生出的——这样说不通,因此不用这个"于"。"拙辞"是主语,"孕"是谓语,"巧义"是宾语:拙辞孕育出了巧义,庸事产生出了新意。这种句型我们可以找到例子,《原道》篇里有"《河图》孕乎八卦,《洛书》韫乎九畴",那个"乎"实际上也是"于",也可以不要的,意思是《河图》孕育出了八卦,《洛书》产生出了九畴。这句话怎么解释呢?"拙辞"和"庸事"在骈文中互文见义,指作为写作素材的笨拙言辞和平凡事例;"巧义"和"新意"是说文学作品表达的精巧含义和创新意味,也就是文学作品中的意象。

刘勰将写作素材和作品意象的关系,比作布和麻。"视布于

---

① 麻:织布的原料,古代用织布机把麻织成布。

麻，虽云未贵，杼轴献功，焕然乃珍"，布与麻并没有太大的区别，因为布是用麻织出来的，还包含着麻，其质料还是麻，所以说"未贵"。但是它又不同于麻，因为它毕竟是成品，"焕然乃珍"，变得有光彩且值得珍视。那么，什么促使麻变成布？——杼轴。这里是把名词用作动词，指织布机把麻加工成布的动作。由于"杼轴献功"，杼轴的这种作用，把没有光彩的麻变成了有光彩的布。这个作为动作的"杼轴"其实就是神思，或者说是创作过程中的神思活动。这是可以言说的，通过杼轴把笨拙的言辞和平庸的琐事变成有巧义、有新意、有意象的文章。文学创作也是这样，生活中的平庸事也可以通过巧义和新意，被创作成一部部作品。

相较于可以言说的，还有一种是不可言说的。"至于思表纤旨，文外曲致，言所不追，笔固知止。"思维外面很纤细的宗旨，语言之外很曲折微妙的意思，语言是追不上的，笔只能停止，这就是"伊挚不能言鼎，轮扁不能语斤"。"伊挚不能言鼎"的典故最早出现于《吕氏春秋·本味》，伊挚就是伊尹——商汤的臣子，他借烹调的道理讲治国的方法。他说调和这件事，"必以甘酸苦辛咸，先后多少，其齐甚微"，做菜调味，先放什么后放什么，各放多少，实际上是很微妙的。"鼎中之变，精妙微纤，口弗能言，志不能喻"，烹调讲求感觉，是不能说的，因此"伊挚不能言鼎"。"轮扁不能语斤"是《庄子·天道》里的典故，讲述一位老木匠，做了一辈子车轮，但面对如何把一个木楔子楔到另一个木头的问题，他也只能意会不能言传，无法教会自己的儿子。

而儿子也不能通过语言学习斫轮,所以木匠七十多岁仍需要亲自制作车轮。这些都属于不可言说的。

如何解决不可言说的问题?刘勰有一个办法:"至精而后阐其妙,至变而后通其数。"要有非常精细的文笔,才能阐明其中的微妙;要懂得变化,才能理解各种写作方法。但刘勰并没有说清楚,实际上等于没说。其实他给出的最简单的方法,是"秉心养术,无务苦虑;含章司契,不必劳情",即不要去徒劳地浪费心力,写不出来就不要写。鲁迅有一个很通俗的说法,"写不出的时候不硬写",顺其自然,等待灵感在不经意时到来。

在理解意象后,再来看《神思》篇"赞"中的"神用象通"。《神思》是刘勰的创作论之首,排在《文心雕龙》的第二十六篇,也就是下编的第一篇。关于"神思"的解释很多,比较好的解释就是把它和佛教联系在一起。刘勰的佛教思想是很隐晦、很内在的,从《神思》中不难看出刘勰有佛教思想。佛教的思想是把形神分离寄托在佛像身上,佛教传播教义的方式有三种:一是寺庙,二是佛塔,三是佛像雕塑(木雕、泥雕等)。

佛像作为佛教的重要承载物,一种可以直观的对象,它的思想内涵有四个字,即"触象而寄"。佛像既是一个雕塑品——例如敦煌莫高窟的佛像,是雕塑艺术作品,也是人们欣赏的艺术对象;但对佛教而言,它是"神佛",也就是佛的精神寄托的对象。晋代郭璞在《〈山海经〉序》里说"游魂灵怪,触象而构。流形于山川,丽状于木石",就是说死者的灵魂,还有一些神灵,只要接触到一个既成的象,就重新"复活"了;如果没有象,没有寄托物,就将在空中飘浮。它既可以流形于山川里面，也可以附着在木石上面。《红楼梦》里的黛玉和宝玉，就是灵魂分别附在木和石上面所变成的两个人物，这就是佛教的"触象而寄"在本土的一个思想来源。换言之，佛教主张的"神不灭"认为形体可以覆灭，神是永远不灭的（有著名的"薪火之喻"，上文已经讲到）。不死的灵魂在宇宙中游荡，见到一个物体（山川、河流，或者某个雕塑，甚至一个活着的人），只要一附在这个物体上，灵魂就复活了。中国古代有很多"离魂"的爱情故事，像《倩女幽魂》《牡丹亭》等。这应该是刘勰"神用象通"的一个来源。"神用"就是这个游荡的灵魂，"象通"就是游魂找到的寄托物。游荡的神，一旦和象联系，就变成了一种言说形象，这就是刘勰讲的"神思"。

回到本章的标题"《神思》博通"，刘勰在《神思》篇中集中探讨了创作过程中的构思问题。他在《神思》篇末的"赞"中对"神用象通，情变所孕"的概括，构成了《文心雕龙》创作理论的重中之重。创作理论具体围绕三个关键词——神思、虚静和意象展开。作家经过"涤除玄览"，进入虚静阶段以后，在艺术想象的过程中"神与物游"并生发出"思"；心中的"思"受自然与外物的感召，碰撞出"情"与"意"，并最终形成了"情变所孕"的"象"。因此，"神思"与外物交融产生了"意象"，方才解决了艺术构思中的语言传达问题，作家才能真正进入文学创作的阶段。文学创作的过程，不论古今中外，简而言之是从生活到艺术的转化过程，这种转化对指导今天的文学、艺术创作有重要的理论价值和现实意义。

第五章
《体性》雅正

君子应当具备"雅正"的气质。"雅正"有两层内涵：一是君子应当表现出仪表端庄、行事严谨的威仪。《论语·学而》云："君子不重，则不威。"二是君子也应当具有温柔敦厚的特质，《诗经·小戎》云："言念君子，温其如玉。"刘勰在《文心雕龙·体性》中讲到如何养"性"，从中可见刘勰理想中的"君子"应充盈着生命之感和个性之力。当然，《体性》篇除了讲养"性"的问题，还重视对文体风貌的探讨，在对"数穷八体"的论说中探究文体理论。

一、数穷八体

刘勰在《体性》篇中把风格分为了八种，本节将对这种分类方法加以溯源。

(一) 内外之分

这种分类来源于汉代王充《论衡·超奇》中的"内外之分"。《论衡·超奇》有句很有名的话:"实诚在胸臆,文墨著竹帛。""实诚在胸臆"是讲文学作品隐藏在内的是作家的"胸臆"。刘勰把"胸臆"细化为四种元素——才、气、学、习。"文墨著竹帛"是指表现在外的风格特征,王充称之为"文墨"。刘勰把它细化为八体,即八种风格:

> 若总其归途,则数穷八体:一曰典雅,二曰远奥,三曰精约,四曰显附,五曰繁缛,六曰壮丽,七曰新奇,八曰轻靡。典雅者,熔式经诰,方轨儒门者也;远奥者,馥采曲文,经理玄宗者也;精约者,核字省句,剖析毫厘者也;显附者,辞直义畅,切理厌心者也;繁缛者,博喻酿采,炜烨枝派者也;壮丽者,高论宏裁,卓烁异采者也;新奇者,摈古竞今,危侧趣诡者也;轻靡者,浮文弱植,缥缈附俗者也。故雅与奇反,奥与显殊,繁与约舛,壮与轻乖,文辞根叶,苑囿其中矣。

刘勰把上述"内外"的分法统一在作家身上,首先用来讨论作家个性与作品风格的关系。据此,体性可以分开来讲。"体"是体貌,是外在的作品之风格;"性"是才性,是内在的作家之个性。作家个性,有先天与后天之别。"才、气"是先天的,"学、习"是后天的。作家的个性还存在差异性特征,"各师成心,其异如面",这种差异性从根本上决定了文学作品的风格。这是刘勰讨论"体性"的出发点。

然后,刘勰区分了八体。为了便于掌握,我们可以将"八体"划分成为两大类,一类偏向阳刚,另一类偏向阴柔。或者,一类偏向外显,另一类偏向深奥。前一大类包括"壮丽""显附""精约""典雅",与之相对的后一大类包括"轻靡""远奥""繁缛""新奇"。下面进一步区分八体的特征:

"壮丽"的特征是"高论宏裁,卓烁异采者也",与之相对的"轻靡"的特征是"浮文弱植,缥缈附俗者也",孔融、刘桢属于壮丽的风格。刘勰对"轻靡"颇有微词,认为宋齐文学的弊端在于文风过于轻靡。

"显附"的特征是"辞直义畅,切理厌心者也",即文章内容比较明白、外显,言辞是正直的,潘岳就属于这一类。"远奥"的特征是"馥采曲文,经理玄宗者也",此类文章比较深邃、隐晦,例如阮籍的《咏怀诗》。

"精约"的特征是"核字省句,剖析毫厘者也",文章简洁,例如贾谊、王粲属于此类。"繁缛"的特征是"博喻酿采,炜烨枝派者也",比如司马相如、陆机的文章就具有"繁缛"的特征。

"典雅"的特征是"熔式经诰,乃轨儒门者也",例如班固、张衡的文章。"新奇"的特征是"摈古竞今,危侧趣诡者也",刘勰对齐梁文风的"新奇"也颇有微词。

刘勰在排比这八种文体时,并没有表明自己的好恶。实际上这些多样性风格无所谓好坏,都是可以存在的。在列举"八体"之后，刘勰开始举例，但奇怪的是，刘勰并没有按照这八种文体的顺序来举例。有的例子甚至不能归入这八种文体之中，显得有点零乱，比如论贾谊，"贾生俊发，故文洁体清"，"俊发"是豪迈的意思，应该属于"壮丽"，而"壮丽"的定义并没有讲"文洁体清"，举例和前面的定义不能一一对应；再如论司马相如，"长卿傲诞，故理侈而辞溢"，刘勰不讲其"繁缛"，而讲其"傲诞"狂放；又如论扬雄，"子云沉寂，故志隐而味深"，"沉寂"相当于"远奥"。这里的问题是，相似的性格可能有不同的风格表现。在论贾谊和司马相如时，前者用"俊发"，后者用"傲诞"，"俊发"与"傲诞"都属于外向的性格，但是表现在文体上有所不同，这也说明了由个性所导致的风格的复杂性。

（二）养"性"的问题

在《体性》篇，刘勰还讲到如何养"性"的问题，也就是作家怎样培养自己的个性。《体性》篇云：

> 夫才由天资，学慎始习，斫梓染丝，功在初化，器成采定，难可翻移。故童子雕琢，必先雅制，沿根讨叶，思转自圆。八体虽殊，会通合数，得其环中，则辐辏相成。故宜摹体以定习，因性以练才，文之司南，用此道也。

刘勰强调了两点：第一点是对"始习"与"初化"要非常小心。所谓"学慎始习"与"功在初化"，也就是严羽在《沧浪诗话》

中说的"入门须正,立志须高",均强调开始的路要走正,如果不走正,以后就很难再扭转了,一旦"器成采定",则"难可翻移"。比如制作器皿,开始的胚子没做好,做坏了以后就不好改了;染颜色,开始的颜色不正,染上后就很难改回去了。"故童子雕琢,必先雅制",培养个性要注意从一开始、从少年时走正路。

第二点是"摹体以定习,因性以练才"。"摹"就是学习,"体"可以解释为文体与风格,不同的文体有不同的要求,不同的文体有不同的风格。比如写诗就要讲究平仄、格律、声律,写文章就要讲究起、承、转、合,写公文就要讲究规范和准确。因此,写作时要了解不同文体的写作方法。另外,风格也一样,不同的风格有不同的写作要求。比如,学习豪放的或婉约的风格,开始要把握好,要根据文学作品的体裁、体貌来培养良好的习惯。"因性以练才","性"就是个人的性格,"因性"就是随顺自己的性格,根据性格来培养写作才华,也有顺其自然的含义。比如本身是豪爽的人,就随顺性格写豪放的文章;本身是含蓄的人,就写含蓄的文章——不要故意改变自己、伪装自己。人在生活中戴着人格面具,但在文章中,可以卸掉面具。"因性"还有一个含义是文风要顺其自然,根据文势的走向决定文风的走向。

二、风清骨峻

《文心雕龙》论文学风格,除了《体性》篇还有《风骨》篇,刘勰认为最具生命力的风格是"风清骨峻",下面分三个方面论述。

(一) 何为"风骨"

现有对"风骨"的一些解释是有问题的,甚至包括范文澜的解释也是如此——他把"风"解释为文意,把"骨"解释为文辞,即"风意骨辞"说。持此说者大体是把"风"解释为内容,把"骨"解释为形式,这实际上是说不通的。"龙学"研究领域有一个十分尴尬的个案,即用现代西方的文学理论术语解释《文心雕龙》解释不通。比如关于风骨,有人说风是内容、骨是形式,有人说风是形式、骨是内容:针对同一个概念,解释却完全对立。我们认为这里面有两个误区:第一个误区是西方文论话语并不能与古代文论话语简单地对等,风与骨不是内容与形式的问题;第二个误区是"风骨"不能够分开讲,我们为了表述的方便可以分开来讲,但在理解的时候是不能拆开的。《文心雕龙》用骈文写成,必须上句、下句对举。刘勰把"风骨"看成整体,"风骨"与"采"相对,"风骨乏采"与"采乏风骨"是连贯的,把"风骨"解释成内容与形式是说不通的。

要弄清楚什么是"风骨",还是要回到文本,看刘勰是怎么说的。

第一,"风骨"是整体。《风骨》篇有很多对"风骨"的描述:"体气高妙""篇体光华""风力遒""骨髓峻""使文明以健,则风清骨峻""骨劲而气猛",还有"风骨乏采,则鸷集翰林;采乏风骨,则雉窜文囿;唯藻耀而高翔,固文笔之鸣凤也",等等。

《风骨》篇是把"风骨"当作整体,"风骨"与"文采"对举,不能分开来说。

第二,"风骨"是创作之起始,"始乎风""先于骨"。作为创作的起始,"风骨"属于作家的"性"或"气",是作家的才性。才性的要害是"气",所以刘勰反复讲要"采气""重气"。

第三,"风骨"也有一个由内而外、由性而体的过程。作为作家的"气","风骨"是看不到的,只能通过作品看出。例如:说王羲之有风骨,是通过书法看到的;说嵇康有风骨,是通过诗看到的。作家的风骨有由内而外、由性而体的过程,把内在的气质个性文本化为文体、作品。这个转化过程就是"深乎风""练于骨"的过程,就是"述情""析辞"的过程,就是"结言端直""意气骏爽"的过程,就是要讲文骨、文风的过程,而不是"牵课乏气""繁杂失统"。

只有从整体上讲,才能理解"风骨"的意义,才能理解刘勰为什么在《体性》之后还要讲《风骨》。他把"风骨"当作比"八体"还要高的一体,看成是最好的体,是第九体。"风骨"再加上"文采"就是"文笔之鸣凤"。

(二)怎样做到有"风骨"

怎么做到有风骨呢?刘勰讲到两个要点:"洞晓情变"与"曲昭文体"。"洞晓情变"是说要去洞察、通晓文学作品写作情状的变化,这个"情"不能被狭义地理解成感情;"曲昭文体"是说要详尽地考察体貌的走向,如果清楚了情状、文章的走向,就能写出"风清骨峻"的文章。

而要做到"风清骨峻",需要学习经典,要"体要",《征圣》《序志》均提到"体要"的重要性。《风骨》篇指出"辞尚体要,弗惟好异","体要"就是要"熔铸经典之范,翔集子史之术",就是要"意新而不乱""辞奇而不黩",反对好异,反对过于看重文采,反对过于破坏旧有规则的"跨略旧规",反对过于标新立异的"驰骛新作"。否则,"虽获巧意,危败亦多",最大的弊端是"骨采未圆,风辞未练"。

(三)什么样的作品才是"风清骨峻"

什么样的作品才是"风清骨峻"呢?刘勰用了《周易》"文明以健"的概念加以说明。《风骨》云"若能确乎正式,使文明以健,则风清骨峻,篇体光华","正式"就是正确的体式,就是风骨,"文明以健"就是有风骨。"文明以健"出自《周易·同人·彖辞》,"同人"是《易经》的第十三卦,卦体为下离上乾:"离者,明也;乾者,健也。""文明以健","文"是主语,"明以健"是谓语,文既明且健,既是明丽的、漂亮的,又是刚健的。下离上乾,这个卦既强调有文采,又讲究刚健。"文明以健"本义是说君子禀性明朗而强健,是对君子生命力的高度赞美,"同和于人,谓之同人"是对君子的赞美。刘勰将"文明以健"移之以说风骨,意谓一旦树立了正确的体式,文体就会明亮而又刚健,就会"风清骨峻,篇体光华"。这样文体又与生命体联系起来,是对文体的生命力的赞美。

文体如何才能具有强健而明亮的生命力?《风骨》指出要"练于骨",要"深乎风",从操作层面上讲是"捶字坚而难移,结响凝而不滞,此风骨之力也"。"捶字""结响"就是要在无数可能性之中找到一种最佳的言说方式,从而使得自己的言说既有强健的生命力,所谓"落地有金石声",又有鲜明的个性特征,所谓"不刊之论"。这才是刘勰谈"风骨"的真正含义之所在。

刘勰在分体文学史中也是非常推重风骨的,《明诗》中"慷慨以任气,磊落以使才""嵇志清峻,阮旨遥深",都是在讲风骨。他认为魏晋之后的作品慢慢没有风骨了。他在《时序》中也谈到风骨:"自献帝播迁,文学蓬转""洒笔以成酣歌,和墨以藉谈笑""体貌英逸""俊才云蒸""观其时文,雅好慷慨;良由世积乱离,风衰俗怨,并志深而笔长,故梗概而多气也"。他认为雅好慷慨、梗概多气是典型的风骨,文学史的发展,其风骨与时代风气紧密相关。

三、循体成势

刘勰的文体风格论,最具创新价值的是"循体成势";而要理解"循体成势",首先要明白"体"的原初意义。

(一)说"体"

今天所使用的这个"体"字,在古汉语里面读成"笨",字义也是"笨",而繁体字的"體"才是真正的"体"。后来"體"简化为"体",与原本当"笨"讲的"体"成了同形字。《说文解字》把"體"列在"骨"部里:"体,总十二属也。从骨,豊声。"什么叫"十二属"?按照段玉裁的解释,"十二属"指身体的十二个部分,即顶、面、颐、肩、脊、尻、肱、臂、手、股、胫、足等,总称为"体"。"体"从一开始就是人生命体的总称、生命体的总属。先秦典籍大多是在"身体、生命"的意义上使用"體"字,如《周易·系辞上》"故神无方而易无体",《庄子·天地》"形体保神",它们都强调人之生命是外显之"形"与内蕴之"质"的有机统一。于是,"体"就有内外之分,外面是一个形体,但是一个形体如果没有灵魂便毫无意义,无异于僵尸,所以还必须具有内在的精神。

"体"原初的解释包含了一种生命感和生命力,而这种生命力灌注并流淌在"体"的词义演变之中。陆机《文赋》:"体有万殊,物无一量。"李善注曰:"文章之体有万变之殊,众物之形无一定之量也。"这就把身体之"体"转化为文章之"体"。进一步讲,文章之体的"万变之殊"还是和人的生命体有关。因为人的生命体价值不在于相同性,而在于相异性,也就是"体"的多样性和个性化。如果人的生命体像工厂的产品一样,是同样一个模子,那么人的存在就毫无意义,人之所以为人就在于个性差异。正是在这个意义上,"体"后来演变成"文体",才能与"风骨"联系起来。

"體"从"骨",体之生命力和个性化与"骨"直接相关。原乎"體",就不难发现《文心雕龙》之论"体",为何在明辨"体性"之后还要高扬"风骨"。《体性》篇论述文体风格、作家个性及其关系,已经充盈着生命之感和个性之力。"才力居中,肇自血气""吐呐英华,莫非情性",是将生命之"血气"和"情性"视为文体风格的本原与根源;"才性异区,文辞繁诡。辞为肤根,志实骨髓",则将作家才性的差异性和个体性视为文体风格多样化的骨鲠与精髓。然而,《体性》篇的这些文字,还是在一般的意义上讨论"体"与生命之关系。只有在《风骨》篇,才能真切而强烈地感受到刘勰是如何将生命融入文体,是如何将文体视若生命。具体看《文心雕龙·风骨》中一段话:

> 故辞之待骨,如体之树骸;情之含风,犹形之包气。结言端直,则文骨成焉;意气骏爽,则文风清焉。若丰藻克赡,风骨不飞,则振采失鲜,负声无力。是以缀虑裁篇,务盈守气,刚健既实,辉光乃新。其为文用,譬征鸟之使翼也。

文体之"情"和"辞"与生命力之"气"和"骸",不仅仅是本体与喻体的关系,二者还是同质的。从字义上看,"风""骨""气"是生命之属,而"文"和"辞"是文体之属,刘勰则常常将二者缀为一词,如"文风""文骨""文气"等等。由此可见,刘勰以"风骨"论文体和作家风格,不仅仅是一种隐喻,说到底还是一种生命力的灌注和张扬。"风骨不飞""负声无力",实质上是生命力不飞,是生命力匮乏或衰微的表征。"无骨""无风"就是无生命力，而"刚健既实，辉光乃新""征鸟之使翼"，则是生命力的高扬，是生命力旺盛和强劲的表征。骨骸也好，风气也好，都跟人的生命体有关；文骨也好，文风也好，都是人的生命之属。没有生命力就没有风骨，没有风骨就飞不高、飞不远。换言之，为什么飞不高、飞不远，因为生命力不够。

（二）一体三义

在了解"体"的原初意义后，再来分析"一体三义"。所谓"一体三义"，是指生命体的"体"变成文体的"体"时产生了三个含义。关于这三个含义，不同学者的说法并不一样。

首先，最早把"体"一分为三的是徐复观。他在《〈文心雕龙〉的文体论》中指出刘勰谈文体有三个层面：体裁、体要、体貌。他认为这三点有高低层次之分："体裁"是最低的层次，是低次元，也就是言之长短，比如说四言诗是一种体裁，五言诗是一种体裁，七言诗又是一种体裁，不押韵的散体又是一种体裁，这是文体的最外观的、最低层次的区分。"体要"是文体的基本要求、行文的基本规则，其实刘勰很重视体要，在《征圣》《附会》《序志》《风骨》诸篇中都讲过"体要"，继承了《尚书》"文贵体要"的思想，强调文章要抓住要害，要言之有物，而不是过分地讲究文辞，故知"体要"偏重于文章的内容。"体貌"是最高的层次，也就是美。《四库全书总目提要》对《二十四诗品》的评述是"各以韵语十二句体貌之"，把"体"当作动词来用，即去描摹、去描写。刚才讲人与人的区别，一是在于外形，二是在于内在的精神,都可以用体貌来解释。徐复观还谈及这三个层次的关系:认为有的文章是从体裁出发,经过体要,最后达到体貌;但是有的文章从体裁直接过渡到体貌,不需要体要,比如那些做文字游戏的回文诗、循环诗,只有文字的美。这种区分现在一般不被学术界认可,因为刘勰谈"体要",主要是从内容出发,讲文章要言之有物、要抓住要点、要简约,不能过于讲究文辞。

其次是童庆炳的分类,他也分为三体:第一是体裁;第二是语体,就是语言的表达方式、话语方式,包括隐喻、比兴、对句等修辞的方式;第三是风格,包括文学作品的风格、作家的风格,就相当于体貌。

在研究古代文论文体论时,笔者对童庆炳的分类做了一点修正,用古代文论的话语来表述:第一是体制,相当于今天说的体裁;第二是体式,相当于语体;第三是体貌,也可称为体性、体势。

我们可以借助一个例子熟悉"一体三义"。比如,在《沧浪诗话·诗体》中,"诗体"本身就是体裁,它与一般的文章相区别。另外,在诗体之下又有两种分法。第一种是按照时代、作家、流派来分:按时代可分为建安体、黄初体、正始体、大历体等;按作者分,把风格相近的作家排列在一起,有曹刘体、苏李体等;按流派分,有台阁体等。第二种是按语体和韵律来分,有二言体、四言体、五言体、六言体、七言体、九言体。显然,《沧浪诗话》是按照体貌和语体两个方面来讲诗体的,而诗体本身是体裁——"体"的三种含义清楚地呈现出来了。

古代文论一般是按"一体三义"来研究文体的，体裁是对文体的基本分类，语体是修辞的手法，体貌讲风格。我们现在用四分法，分为小说、散文、诗歌、戏剧；或者是三分法，分为叙事文学、抒情文学、戏剧文学。这与古代的分类不同。

今天说的"风格"在刘勰的字典里可以被称作"体性""体貌""体势"。"体性"强调作家的个性，作家个性与作品风格的关系；"体貌"强调作品所表现出来的作家风貌；"体势"强调作品风格的走向、趋势，也可以叫"风骨"，是最好的风格。

（三）说"势"

关于"定势"之"势"的解释众说纷纭。黄侃称之为法度，刘永济称之为姿态或体态，范文澜称之为标准，詹锳、王元化就称之为风格，而我们认为"势"是从动态层面解释风格。动态层面是指两个含义：一是与"定"相反，所谓"定势"实际是势之无定，"定势"是不定之势；二是作品本身风格是流动的，一个作家的风格是流动的，同一个作家在不同创作时期的风格是变化的，例如曹植早年风格阳刚，晚年则阴柔。还有一种说法，同样一种文体，在不同时代有不同风格，例如词在晚唐时是婉约风格，后来苏轼把词改造成豪放风格。

"势"来自兵书。《孙子兵法》"势者，因利而制权也"，强调打仗要避害就利。《三国演义》中"天下大势，合久必分，分久必合"，将"势"引申为规律。《定势》篇把讲军事、国事之规律的"势"运用来讲风格，"势者，乘利而为制也"，是说裁定风格使之成形，就是根据事物之自然的便利而形成自己的风格。这里的事物不是客观的自然物，而是文章的体制，《定势》的主旨是如何根据文章的体制来形成相应的风格。刘勰打比方用的喻体皆为自然物，这说明他认为自然之势是最好的势，例如："圆者规体，其势也自转"，以天为喻体；"方者矩形，其势也自安"，以地为喻体；"激水不漪，槁木无阴，自然之势"，以水、木为喻体。这都说明了文章风格的走向是自然而然的。

有什么样的体制、体裁，就有什么势。刘勰讲到六体（势），都是从经典中推导出来的。他先讲体制、体裁，一般是讲四种体裁，再讲四种体裁共同的势，这种方法沿袭自曹丕、陆机。曹丕《典论·论文》称"诗赋欲丽"，"诗赋"是两种体裁，"丽"是共同的风格；"奏议宜雅，书论宜理，铭诔尚实"，也同样指出有什么样的体裁就有什么样的风格。《定势》篇曰：

> 章表奏议，则准的乎典雅；赋颂歌诗，则羽仪①乎清丽；符檄书移②，则楷式③于明断；史论序注，则师范于核④要；箴铭碑诔，则体制于宏深；连珠七辞⑤，则从事于巧艳。此

---

① 羽仪：取法。
② 符：符命，歌颂帝王的文章。檄、移：都是军事或政治上晓谕对方的文件。书：书信。
③ 楷式：模范，这里作动词用。
④ 核：查考以求真实。
⑤ 连珠七辞：都是赋的变体，前者合若干短篇骈文为一组，后者是写七件事合为一篇。

循体而成势，随变而立功者也。

刘勰指出公文具有"典雅"的特征，"章表奏议，则准的乎典雅"；纯文学具有"清丽"的特征，"赋颂歌诗，则羽仪乎清丽"；用于战争的文书具有"明断"的特征，"符檄书移，则楷式于明断"；做注解的文章具有"核要"、精练准确的特征，"史论序注，则师范于核要"；纪念性的文章具有"宏深"的特征，"箴铭碑诔，则体制于宏深"；做文字游戏、为文造情的文章具有"巧艳"的特征，"连珠七辞，则从事于巧艳"。根据不同的文体形成不同的风格，这便是"循体而成势，随变而立功"。我们再来看一下对"定势"比喻，就会明白自然成势的道理，"激水不漪，槁木无阴"，"激水""槁木"好比是不同的体裁，"不漪""无阴"好比是不同的风格，文体与风格是有因果关系的。

《定势》篇一共讲了六体、二十二种体裁。这只是大概的说法，有交叉的部分，比如碑和诔。中国的文体理论既有尊体的传统，又有破体的现象。尊体是固定文体的规范，来自词学批评，认为一种文体就有一种风格，例如李清照认为词是艳科，应该写得婉约，写豪放了就不是词了。尊体是保持文体的纯洁性，但是规范没有变化就会死亡，所以还要有破体。破体有两个含义：一是改变文体的固有风格，二是借别的文体来放自己的内容。中国古代文论没有固定的文体，是无体之体。按照体式的规定，论说体才能被用来讨论文学理论，但是古代文论的很多文体不是论说体，而是大量借用诗赋体、史传体。

（四）执正以驭奇

刘勰在《定势》篇讲到雅正和新奇两种文体，他本不太喜欢新奇，在这里提出了比较通融的观点——"执正以驭奇"，即守着典雅的文体来驾驭新奇，认为这比"逐奇而失正"要好一些。但他违反了一个重要的文学规律，在文学性的营造上，陌生化很重要，陌生化就是新奇。大文学家是很讲究新奇的，刘勰看到了"效奇之法，必颠倒文句，上字而抑下，中辞而出外，回互不常，则新色耳"的现象，认为新奇是故意把文句颠倒说，但是颠倒文句的人恰恰是大文学家。

很多大文学家都讲新奇。例如：鲁迅不说"介绍"，说"绍介"；不说"痛苦"，说"苦痛"。又如，杜甫的诗也讲新奇，"香稻啄余鹦鹉粒，碧梧栖老凤凰枝"（《秋兴八首》之八），这是典型的颠倒文句。按照现代汉语语法分析主谓宾：凤凰是主语，栖是动词谓语，枝是宾语，老、碧是修饰枝条的，老是状态，碧是枝条的色彩，"碧梧栖老凤凰枝"把正常的语序完全颠倒了。再如，叶燮曾经评述过杜甫诗歌的新奇特点。杜甫《冬日洛城北谒玄元皇帝庙》有一句"碧瓦初寒外"，叶燮《原诗》对此评述道：

> 初寒无象无形，碧瓦有物有质，合虚实而分内外，吾不知其写碧瓦乎？写初寒乎？写近乎？写远乎？使必以理而实诸事以解之，虽稷下谈天之辩，恐至此亦穷矣。

寒冷是没有内外之分的，碧瓦又在初寒的外面。碧瓦是不会有寒暖感觉的，但是诗人看到老子庙的壮丽景象，在初寒中产生温暖的感觉。诗人将自身的独特感受赋予碧瓦，所以才写出了碧瓦在初寒之外，新奇的写法突出了老子庙的壮丽景象。

还有一个例子，在杜甫《船下夔州郭宿雨湿不得上岸别王十二判官》中有一句"晨钟云外湿"，叶燮《原诗》评道：

> 不知其于隔云见钟，声中闻湿，妙语天开，从至理实事中领悟，乃得此境界也。

钟声怎么会湿呢？按常理解释不通，但是这句写得非常传神：早晨的钟声在云端飘荡，湿漉漉的，悠长不散，声音优美而具有质感。由此观之，新奇是非常必要的。

刘勰在《定势》篇中还批判"常务反言者，适俗故也"，也反映了他保守的一面。反言就是反语、反讽，也是文学作品中经常用到的修辞手法，可以增加语言陌生化效果与表现力。文学的风格生命就在于个性化、独特性，就要创新。独特性来自创新，任何一种文体，越成熟，成就越多，就会越趋于保守，如果不创新就要死亡。比如现代意义上的文学批评是分科治学和学术制度化的产物，但是制度规范又制约了文学批评的发展——这是一个悖论。如果所有的批评都按照同一个模式去写，都按照同一个规范去写，文学批评就可能衰微甚至消亡。

再回到本章的标题"《体性》雅正",刘勰在《体性》《风骨》《定势》等篇中探讨了文学创作的风格问题,这是构成文章整体风貌的重要因素之一。刘勰认为文章的风格与作家的个性和文章的体裁有关。他在《体性》篇中指出,文章的风格是作家才性,即才、气、学、习的直接体现,其基本类型主要有典雅、远奥、精约、显附、繁缛、壮丽、新奇和轻靡八种。而刘勰对作家个性和作品风格的最高要求是要有"风骨",要"风清骨峻",因而紧随《体性》篇之后的就是《风骨》篇。关于"风骨"的定义,古代文论界尚存在争议。根据刘勰的论述,我们认为"风清"偏于作家的创作个性和人格风貌,而"骨峻"则是作家的个性、人格在作品中所形成的一种艺术风格的力量或魅力。总而言之,"风骨"是指在创作个性和作品风格高度统一的基础上所形成的文学作品的美学力量。至于《定势》篇,刘勰指出,文章的不同体制也会表现出不同的风格特征,如"章表奏议,则准的乎典雅;赋颂歌诗,则羽仪乎清丽;符檄书移,则楷式于明断;史论序注,则师范于核要;箴铭碑诔,则体制于宏深;连珠七辞,则从事于巧艳"。不同的文体,有不同的追求,故而形成不同的体式、体性和体貌,这也就是刘勰文体论的"循体成势"。

第六章
《知音》博观

据《吕氏春秋·本味》记载,春秋时期有两个楚人——俞伯牙和钟子期,"伯牙鼓琴,钟子期善听"。相传伯牙鼓琴志在太山的时候,钟子期就说:"善哉乎鼓琴,巍巍乎若太山。"当伯牙鼓琴志在流水的时候,钟子期又说:"善哉乎鼓琴,汤汤乎若流水。"这就是高山流水遇知音的故事。刘勰的鉴赏批评论,集中地体现在《知音》篇里。而"知音"一词,就来源于俞伯牙和钟子期的典故。作为一位文学理论家,刘勰的博雅思想突出体现在鉴赏批评论中。《知音》篇讨论文学鉴赏和批评,提出了著名的"博观"说:"凡操千曲而后晓声,观千剑而后识器;故圆照之象,务先博观。"如何才能由"博观"而臻"圆照之象"?刘勰指出,需要克服"五弊",做到"六观",才能感受到"知音"的无穷魅力与乐趣。

一、俗鉴五弊

刘勰在《知音》篇开篇就反复地讲"知音",指出"音实难知,知实难逢"的问题:

> 知音其难哉!音实难知,知实难逢,逢其知音,千载其一乎!夫古来知音,多贱同而思古,所谓"日进前而不御,遥闻声而相思"也。

我们先界定"知音"这个词。首先,"知音"作为一个词,重复了三次;其次,"知"和"音"两个字又分开用,"知"有两次,"音"有一次。这些用法实际上是有区别的。

"知"和"音"分开讲。"知"本身既可以做动词,又可以做名词。"音实难知"的"知"是动词,是一种行为,指对文学艺术进行鉴赏和批评的行为;"知实难逢"里的"知"是名词,指文学鉴赏的主体,实际上指知音者。知音者确实很难碰到。"音"只能做名词,"音实难知"里的"音",狭义地讲,就是指乐曲,即伯牙弹奏的音乐。当然刘勰在此处是从广义上讲的,实际上指的是作品或者文本,也就是常说的鉴赏的对象。

知音的困难,大体上表现在两个方面。按照刘勰的思路,其一表现为认知的对象——音。"音"是很难知的,刘勰指出:

> 夫麟凤与麏雉悬绝,珠玉与砾石超殊,白日垂其照,青

眸写其形。然鲁臣以麟为麕，楚人以雉为凤，魏民以夜光为怪石，宋客以燕砾为宝珠。形器易征，谬乃若是；文情难鉴，谁曰易分？

一些客观的物体，比如宝石、宝珠和一般的石头，野鸡和凤凰，人们都很难辨别，对于文学作品的优劣，就更难区分了。这是从客体来讲，从鉴赏对象来讲。

其二是从鉴赏主体——鉴赏者、知音者角度分析。与客体相比，刘勰更多地还是从鉴赏主体来讲。依照刘勰的思路，在讲鉴赏主体时不可避免地要讲到经常犯的错误，即"文情难鉴"。"文情难鉴"有五种情况，只有破除这"五弊"，鉴赏主体才能更好地理解文情。刘勰将这"五弊"概括为：贵古贱今、崇己抑人、信伪迷真、各执一隅、深废浅售。本节将主要分析鉴赏过程中最常犯的三种错误，即贵古贱今、崇己抑人和信伪迷真。

（一）贵古贱今

对读者而言，文学作品都有一个时间和空间的距离：就时间来讲，是古今；就空间来讲，是远近。一般的知音者常犯的毛病是贵古贱今、贵远贱近。刘勰在讲贵古贱今和贵远贱近的时候，举了几个例子，其中一个是"韩囚马轻"，"韩囚"指韩非被囚禁，"马轻"指司马相如被轻蔑、轻视。韩非的著作传到秦国的时候，秦王非常赏识他，把他召到自己的身边，但是并没有重用他，韩非的同学李斯也陷害他。同样，司马相如写成《子虚赋》《上林赋》时，汉武帝很赏识他，可是正如司马相如自己所说的"倡优蓄之"，汉武帝并没有重视司马相如。"韩囚"和"马轻"都是一种同时之贱，也就是贵远贱近。当这两个人不在自己身边的时候，皇帝觉得他们很了不起，但当他们在身边之后，反倒看轻他们。其实这里面还蕴含另外一个问题，即统治者对文人的态度，正如司马相如讲的"倡优蓄之"的态度。这是贵远贱近的例子。

关于"贵古贱今"，刘勰没有论述。但是，与"贵远贱近"相比，"贵古贱今"其实更具普遍性。中国文学思潮以复古为主，刘勰或许就是一个贵古贱今者。《宗经》篇中的"宗经"就是复古，刘勰是一个复古主义者。刘勰对文学史的描述是越古越好，越近越糟糕，对离他很近的刘宋时代以及他生活的"皇齐"时代评价不高。不仅是刘勰，整个古代文论都贯穿着一种复古思潮。每当文学发生问题，难以前行的时候，就会把古人抬出来，刘勰治疗宋齐文学的良药是先秦的儒家经典。自刘勰之后，历代的文论家同刘勰的做法如出一辙，最典型的是初唐的陈子昂。"文章道弊五百年矣"，这个"五百年"是从两晋算起，一直到初唐。陈子昂根治齐梁颓风的良药是"建安风骨"，而"建安风骨"实际上是上承先秦诗歌的风骚传统——复古是历朝历代都有的。那么，对于贵古贱今，今天需要重新审视：是否要和刘勰一样将它全部批倒？

从心理学角度分析，认知主体对认知对象的价值评判，并不取决于对象本身的价值，而取决于认知的难易程度。认知的对象越困难，认知者会认为它的价值越高；越容易，会觉得它的价值越低。我们接受古代的东西,难度会大于接受今天的东西,这其中的原因有很多,例如语言的难度、文化背景的差异等。因为语言和文化的变化增加了理解的困难,这种理解上的困难,使得人们把认知的对象看得很高。于是,古代的书隐而难晓,今天的书显而易见,这就造成了一种贵古贱今的心理效应。这是第一个心理缘由。

第二个心理缘由是名士效应,就是今天讲的名片效应。《西京杂记》里记载了一个故事:庆虬之写了一篇《清思赋》,时人贱之,后来他把作者改成司马相如,一下天下大重。有时,人们看重的不是作品本身,而是署名。刘勰也是这样,他的《文心雕龙》写成之后不被世人所重,在得到沈约的推荐之后,才被看重。这种名士效应也是造成贵古贱今的一个原因。

这是鉴赏的第一个错误倾向和"五弊"之首:贵远贱近、贵古贱今。值得注意的是,不管是文学经典、文论经典还是文化经典,经典之所以成为经典,最大的一个特征就是能够经得住时间的淘洗。几百年甚至上千年之后,人们还在读它,还在印它,还在谈它,还在讨论它,那它就肯定是经典。

(二)崇己抑人

知音之难的第二个方面是崇己抑人,实际上就是文人相轻。关于文人相轻,刘勰举了很多例子:

> 至于班固、傅毅,文在伯仲,而固嗤毅云"下笔不能自

休"。及陈思论才，亦深排孔璋，敬礼请润色，叹以为美谈；季绪好诋诃，方之于田巴，意亦见矣。

首先是班固嗤笑傅毅，本来两人不相伯仲，但班固嘲笑傅毅下笔收不住，完全不知道克制自己。这实际上就是文人相轻，这件事曹丕在《典论·论文》里也讲过。刘勰讲得最多的是曹植，有三个例子。

第一个例子是曹植深排孔璋。孔璋是陈琳的字，曹植在《与杨德祖书》里说："以孔璋之才，不闲于辞赋，而多自谓能与司马长卿同风，譬画虎不成，反为狗也。"即以陈琳的才气不断地写辞赋，并把自己比作司马相如，是不知天高地厚了。

第二个例子是丁敬礼请曹植润色文章。丁敬礼就是丁廙，丁廙请曹植修饰文辞，曹植说："我的才气不如你，怎敢修改你的文章？"丁廙说："我的文章好坏与否自己知道，后人也不知道这个文章是你改过的。"这句话让曹植非常高兴，所以"叹以为美谈"。

第三个例子讲刘季绪好诋诃。诋诃是批评别人的意思，曹植说刘季绪的才能并不比被他批评的人强，却总是批评别人，这是不对的。曹植把刘季绪比作田巴。田巴是战国时候一个很善辩的人，可以一早上说服上千人，可还有比他更厉害的人，就是鲁仲连。田巴一和鲁仲连辩论，就终身闭口了。曹植说，今天像鲁仲连这样的人有很多，季绪就是田巴，没资格说别人。可见，曹植是很讨厌自大的。

这样三个例子，刘勰用来讲文人相轻，也表明了刘勰对曹植的批评。刘勰认为曹植喜欢听好话不爱听坏话,所以他更喜欢曹丕。对此,我们要做一个分析。曹植的三个例子都是出自同一文献——《与杨德祖书》。曹植《与杨德祖书》是魏晋文论经典,其中有个很重要的观点是,批评者必须有高于其批评对象的才能。曹植用了两个比喻:"有南威之容,乃可以论其淑媛;有龙泉之利,乃可以议其断割。""南威之容"是长得很漂亮,"龙泉之利"是宝剑很锋利。曹植的意思是说:自己要长得漂亮才有资格讨论漂亮这件事情,自己家里要有把利剑才有资格来讨论断割这件事情。换言之,一方是批评者,一方是作家,批评者要有很高甚至是超过作家的才能,才有资格来批评作家。

今天的文学批评之所以很少有人看,特别是很少有作家愿意看,就是因为作家从骨子里瞧不起批评者。古代则不一样,批评家就是大作家,杜甫本身是诗人,他的论诗诗,别人读了也服气。刘勰虽然没有什么作品,但其骈文就是作品,能写出这么好骈文的人自然算是大作家,别人也服气。而现在的学院派批评,是分科治学的。有些搞批评的人可能只会写一些理论文章,根本不懂创作,自然就被作家瞧不起。因此,这个意义上的"文人相轻",是可以成立的。批评家须在才气和学识,也就是叶燮所说的才、胆、识、力方面有过人之处,其批评文章才有人看。

此外,作家之间的文人相轻,其实也是有合理之处的。曹丕《典论·论文》用很长的篇幅谈建安七子的文气,七子"自以骋骥骒于千里,仰齐足而并驰,以此相服,亦良难矣",都认为自己骑着千里马,并驾齐驱,让他们服气别人很困难。曹植在《与杨德祖书》里也讲过"人人自谓握灵蛇之珠,家家自谓抱荆山之玉",意思是每个人都认为自己很了不起。其实,一个作家就是要有很强的自主意识、很好的自我感觉,就要认为自己是天下第一,没有这种感觉不要去搞创作。作家需要狂一点,"狂狷人格"放到作家的头上是最好的。当然"狂"不是虚狂,要有实在的本事。"狂"的好处在哪里呢?"狂"说明作家有自主意识,有独立人格,有不媚俗、不从众、不被权贵吓倒的气派。这些东西是一个作家必备的品格,否则根本不要去谈创作。所以,从曹丕开始就一直在批评"文人相轻",但到现在还是存在,说明"崇己抑人""文人相轻",在文学创作中是有一定的合理性的。

(三)信伪迷真

对于"信伪迷真",刘勰讲了四个很有趣的例子:

> 夫麟凤与麏雉悬绝,珠玉与砾石超殊,白日垂其照,青眸写其形。然鲁臣以麟为麏,楚人以雉为凤,魏民以夜光为怪石,宋客以燕砾为宝珠。

刘勰指出,凤凰和野鸡完全不一样,珠玉和砾石也不一样。"白日垂其照,青眸写其形",阳光照耀之下看得清清楚楚,而且用明亮的眼睛去看它。但如此容易区分的东西,还是会有人混淆。"鲁臣以麟为麏",出自《公羊传·哀公十四年》,这一年,西狩获麟。但有人报告说,所获之物是麏。麏,就是獐,有角的动物,像鹿,但比鹿小一点。"楚人以雉为凤",出自《尹文子·大道下》,讲有个楚人挑着山鸡,路上的人问:"这是什么鸟?"那人骗他是凤凰,路人说他从没见过凤凰,这次总算见到了。"魏民以夜光为怪石",也是出自《尹文子》,即魏国有个人在耕田时挖到一块直径有一尺的宝玉,夜里发光,自己不认识,就去问邻居。邻居想占有这块宝石,骗他说是怪石,魏人就把宝石扔了。最后一个例子"宋客以燕砾为宝珠",出自《艺文类聚》,讲宋国的一个人,捡到一块普通的石头,自认是宝贝藏起来。后来有人告诉他,这只是一块破石头,一文不值。这四个例子实际上是起兴,为了引出下面的话:

形器易征,谬乃若是;文情难鉴,谁曰易分?

就像麟和麏、野鸡和凤凰、夜光和怪石、砾石和宝珠,这些很容易区分的东西,人们都把他们搞错。那么,难以鉴别的文章,又有谁能够很容易地区分呢?

刘勰下面回到主体的角度,讲为什么"文情难鉴"。因为"文情"本身就比形器要复杂,再加上文学鉴赏者自己先在的主观情感,会影响鉴赏的结果。通俗地说就是"萝卜白菜各有所爱",每个人都有自己的爱好,所以鉴赏起来就会有偏颇。下面讲了四种情况:

慷慨者逆声而击节,酝藉者见密而高蹈;浮慧者观绮而跃心,爱奇者闻诡而惊听。

性格外向、慷慨激昂的人，听到响亮的声音就会跟着打拍子；性格内向、有涵养的人，看到含蓄的作品就会非常高兴；喜好浮华的人，看到绮丽的文章就动心；爱好新奇的人，听到不平常的文辞就觉得惊奇动听。不同的爱好者，会偏爱与自己爱好相符、相似的作品，这就导致了一种偏差。其实刘勰讲的这四个例子，在鉴赏里是容许的且有合理性。文学鉴赏和文学批评有区别，文学鉴赏是个人行为，起作用的就是个人的爱好。实际上，鉴赏没有好坏之别，因为每个人的性情爱好并不一样。

刘勰为什么要将鉴赏者的偏好当作批评的对象呢？因为他用的不是鉴赏的标准，而是在批评的范围之内讨论作品。批评必须有标准、有理论的框架、有准则，这个准则可能与个人爱好相符，也可能不相符。不相符时，要舍弃自己的个人爱好，以批评标准为准。刘勰还有一个更深层的意思，即不论有什么偏爱，批评家都要做到公允，做到圆照之象。他反对"东向而望，不见西墙""各执一隅之解，欲拟万端之变""会己则嗟讽，异我则沮弃"，反对完全以个人爱好作为取舍标准，或者是只看到一面而看不到另一面。刘勰主张"玉润双流""唯务折衷"，主张"圆照之象，务先博观"，主张"博而能一"，在博见的基础上统一于批评标准。所以，刘勰批评"人莫圆该"的倾向，虽然这种倾向在鉴赏方面具有某种合理性。

"信伪迷真"还有另外一个含义，就是没有把文本的事实搞清楚。刘勰举了个例子："信伪迷真者，楼护是也。""楼护"就是前面讲的君卿，"君卿唇舌，而谬欲论文"。楼护是两汉的辩士，很有口才，但在讨论文章时犯了一个错误：他说司马迁写书的时候，曾经咨询过东方朔。刘勰认为这不符合历史事实，"于是桓谭之徒，相顾嗤笑"，桓谭就嗤笑君卿的信口开河。据司马贞《史记索隐》，桓谭自己说过，司马迁写完书之后，确实给东方朔看过，而且还是东方朔给他取的"太史公"这个名字。这是有文字根据的，或许，刘勰看到的是更早的更可靠的材料。至于司马迁写书到底有没有咨询过东方朔，我们不去追究。刘勰的意思非常清楚：司马迁写书时没有给东方朔看过，楼护在胡说，"谬欲论文"。而且刘勰还进一步发挥："彼实博徒，轻言负诮"，"博徒"就是小人，赌博的人；"况乎文士，可妄谈哉"，"文士"是有地位的，说话一定要有根据，不能乱说。这里的"信伪迷真"提示我们，在处理材料时一定要符合历史事实，所根据的版本要可靠，所援引的事例要真实，所引用文献的出处一定要查找原文。

综上，导致"信伪迷真"发生的主要有两个原因：第一个原因在于客体，比如版本年代久远，事情的真伪确实很难分辨；第二个原因在于主体，鉴赏主体有没有慧眼和鉴别能力，没有认真、实事求是的考据训诂态度和朴学精神。后一点对于我们今天做学问尤为重要。

二、知者六观

上一节讲知音的困难，是从知音者以及知音的对象（文学作品）这两个层面分析文学批评鉴赏中的种种心理弊端和障碍。面对知音的困难，要寻求相应的解决方法。

知音要结合神思来谈，因为刘勰谈批评鉴赏，是和创作联系在一起的。关于鉴赏和创作的关系，刘勰在《知音》篇有很好的表述："缀文者情动而辞发，观文者披文以入情。""缀文者"指作家、创作者，"观文者"指知音者、鉴赏者。这两种人，情和言辞的方向恰好相反：创作者先要动情，然后才生发文辞；而批评鉴赏者先要接触文辞，阅读文本，然后才能动情。二者虽然是相反，却也相通。因为创作和鉴赏都要动情，一个是动情在前，一个是动情在后；还有一个更重要的相通，就是《神思》篇里面讲的"博见"和"贯一"。刘勰讲"博见"和"贯一"，可用来治疗创作时的两个病症：第一个是"贫"，解决办法是"博见"，"积学以储宝""研阅以穷照"；第二个是"乱"，解决办法是"贯一"。因此，刘勰指出"博见"是为了治贫，"贯一"是为了拯乱。无独有偶，刘勰讲鉴赏也主张博见，强调博见对鉴赏的意义。在讲到知音之难后，刘勰接着说：

操千曲而后晓声，观千剑而后识器；故圆照之象，务先博观。

"博观"就是博见。刘勰用"操千曲""观千剑"起兴，作为比喻引出"博观"。"操千曲""观千剑"就是博观，"阅乔岳""酌沧波"也是博观。如果说对某种艺术种类需要反复操练和观察的话,那么,鉴赏的深度还与鉴赏者的阅历直接相关。这里虽然没有讲"贯一",但讲了"平理若衡,照辞如镜"。这个"衡"指秤,秤度量重量很公平。镜也一样,也是公平的,任何物体在镜子面前都呈现出真实的面貌。文学批评有标准,需要有自觉的批评意识,而不是像鉴赏那样只强调个人感受。只有做到"无私于轻重,不偏于憎爱",才能在鉴赏中做到像秤、镜一样的公平。这是刘勰关于知音之方的整体描述,一个是博见,一个是公允——相当于《神思》里的"贯一",是一个通用的标准。

刘勰在《知音》篇中还提到更有现代价值的"六观"说:

> 将阅文情,先标六观:一观位体,二观置辞,三观通变,四观奇正,五观事义,六观宫商。斯术既行,则优劣见矣。

"六观"说是刘勰关于文学批评很具体的方法,具有超越时空的内涵,我们在今天可以对它进行创造性的转换。

(一)先观位体与事义

刘勰的"体"含义非常复杂。对于《知音》篇所说的"位体",我们既要忠实于刘勰的原意,同时为了服务于今天的文学批评,也要做一点延伸,这与刘勰的原意并不矛盾,只是把它的外延扩大一点。"体"有几个要点:第一个是"体要",体会要点。体是动词,要点就是主旨、主题、中心思想。"位体"之"体"第一个含义就是体要。第二个含义是体裁和语体，不同的文章对体裁和语体有不同的要求。第三个是"体貌"，就是今天说的风格。这三个意义上的"体"，刘勰在《体性》《风骨》和《定势》篇里面都谈过。

将"事义"提到此处是为了做一个扩充。刘勰的"事义"指用事、用典，引事、引言。《文心雕龙》专门有《事义》篇，把"事"做一个扩充，也可以推广为作品所描写的人、事、物，相当于今天所说的"题材"，例如军事题材、农村题材、改革题材等等。广义的"事义"是作品所描写的题材；狭义的"事义"是用事、用典，引事、引言。首观的"位体"和"事义"包括了文学作品的主要方面：主旨、文体、风格、题材及其涉及的典故、名言等。

（二）次观置辞与宫商

"置辞"和"宫商"是文学作品的形式层面。刘勰很注重形式，谈置辞——如何练字，如何组合句子，如何比喻，如何起兴，如何隐，如何秀，等等。《文心雕龙》讲置辞的篇章有《章句》《丽辞》《练字》，《总术》和《附会》其实也谈了置辞。宫商，就是音律，刘勰专门用《声律》篇来谈宫商——关于文字的音乐性、声调、押韵、节奏等等。

（三）末观奇正与通变

刘勰将"奇正"和"通变"放在文学史的链条中动态考察，

因为"奇正"和"通变"必须通过比较才能得出结论。比如"奇正",只有通过比较,才能知道文章整体风格是新奇还是正统,是继承的多还是革新的多。讲"奇正",《文心雕龙》里有《辨骚》和《定势》。

"通变",也是通过比较才能看出对前人作品有哪些吸收,对后人作品有哪些启示。严格地说,《文心雕龙》文体论里的每一篇都讲通变,因为文体论要"原始以表末""选文以定篇"。"原始以表末"就是讲文学史的通变,"选文以定篇"则是讲通变里的每一个关节。

下面结合鲁迅的《记念刘和珍君》详细解释"六观"。

先看这篇文章的"位体"和"事义"。位体就是它的体要,看它究竟讲了什么内容。这篇文章的体要放在最后一段,就像我们常说的"卒章显其志"。"有几点出于我的意外",鲁迅讲了三点:第一点是"当局者竟会这样地凶残",第二点是"流言家竟至如此之下劣",第三点是"中国的女性临难竟能如是之从容"。其实,鲁迅的文章就是讲这三层意思:镇压者的残酷、散播流言蜚语者的下流,以及被镇压者的从容。

再讲体裁。《记念刘和珍君》是杂文,属于抒情类的杂文。其语体是杂文体,或者按刘勰的"文笔之分",属于"笔"。"有韵为文,无韵为笔",这篇是不押韵的,虽然里面也有对句。

《记念刘和珍君》的风格,也就是体貌,可以借用钟嵘《诗品序》中"若乃春风春鸟,秋月秋蝉,夏云暑雨,冬月祁寒,斯四候之感诸诗者也"里的"冬月祁寒"来比喻,"祁寒"就是严寒、酷寒。这篇文章就给人"冬月祁寒"的感觉，读了之后，会觉得全身发抖，那种矜肃的、肃杀的、阴沉的、寒冷的感觉，就像冬天一样。当然这里面还有一种冷峻的反讽。

"事义"呢？广义的"事义"是指1926年发生的"三一八"惨案，写三个女子的惨死。虽然这篇文章是杂文，但鲁迅毕竟是伟大的小说家，在叙事的时候能够做到有声、有色、有象。

先看"有声"。子弹是从刘和珍的背部穿入的，"斜穿心肺"；"同去的张静淑君想扶起她，中了四弹"，被手枪打的；还有"同去的杨德群君又想去扶起她"，又被子弹打中了，这个子弹是从左肩进去，从右肩出来。从这些描述中，我们可以听到子弹的声音；而且不仅有子弹的声音，还有棍棒的声音。中弹后她还能坐起来，可是"一个兵在她头部及胸部猛击两棍，于是死掉了"。这个地方是有声的——子弹声和棍棒声。

再看"有色"。鲁迅在文章最后讲"苟活者在淡红的血色中，会依稀看见微茫的希望"，"淡红的"就是颜色。而且鲁迅在第六部分专门讲了"血痕"——血痕要扩大，而且还浸渍了亲人、师友的心，即使时光把它洗成了绯红，它也会留下一种旧影。这是对"红"的诗意描写，当然是一种很凄惨的诗意。

最后看"有象"，就是有三位女子的形象。其实写声、写色是为了塑造这三位女子的形象。读罢文章，眼前会浮现她们的形象：一个是"始终微笑的和蔼的刘和珍君"，而且是"欣然前往的"这样一种形象；第二个是在刘和珍中弹后，想去扶她的张静淑形象；第三个也是想去扶她的、被子弹打伤而且被棍棒猛击的杨德群的形象。鲁迅用非常简洁的语句,描述了三位女子的形象。这是为"体要"服务的。

《文心雕龙》在《总术》篇里讲过,一个好的作品,不仅可以看还可以听,不仅可以听还可以尝,不仅可以尝还可以佩戴,就像我们戴项链、戴花、戴头饰一样:

视之则锦绘,听之则丝簧,味之则甘腴,佩之则芬芳。

它看上去像锦绣一样漂亮;听起来像丝竹之声一样悦耳;品味一下,很可口,甘甜丰腴;佩戴起来,又很芬芳,就像《离骚》里面各种各样的香草饰物。如果套用刘勰《总术》篇的这句话,鲁迅展示的这幅像,"视之则血腥,听之则惊魂,味之则苦涩,佩之若缌麻"。这是广义的"事义"。

狭义的"事义",也就是用事引言,在这篇文章里也有,可以举三个例子:第一个例子在第一部分第三自然段,"长歌当哭,是必须在痛定之后的"。"长歌当哭"出自汉乐府民歌《悲歌》:"悲歌可以当泣,远望可以当归。"一个游子在他乡,思念亲人,放声歌咏就像哭一样,眺望家乡就像回家一趟。"长歌当哭"是一个典故。

第二个例子在第三部分的第二自然段,讲女孩子"偏安于宗帽胡同"。她们和校长发生冲突,就搬家躲在宗帽胡同里。"偏安"的意思是偏居一方而自安,一般带有讽刺味道。有人说,鲁迅在这里用"偏安"一词具有讽刺意味,讽刺北洋军阀政府每天派警察到校传人审讯。这种说法有道理，但是还可以有其他更好的解释。"偏安"用在这个地方，也是一个典故。

第三个用事引言的例子在第六部分，鲁迅引陶渊明《挽歌》里的诗句："亲戚或余悲，他人亦已歌。死去何所道，托体同山阿。"这是为了印证前面讲的"时间永是流驶，街市依旧太平"，人死去了，可是真正能记住、理解她们的人并不是很多。陶渊明把死亡看得很淡，像拉家常一样诉说死亡，"纵浪大化中，不喜亦不惧"。鲁迅把陶渊明这种淡化死亡的态度，反其道而用之，反对淡化死亡，指出这三个女子英勇地、悲惨地死去，是不能够淡化的。将这几句诗用在这里恰到好处，而且也说明了鲁迅深刻的悲哀，对国民劣根性的悲哀。国民对英烈赴死的病态麻木，鲁迅在小说《药》里面已经写得非常形象了。革命者夏瑜，实际上指的就是秋瑾；华老栓和夏瑜，"华夏"所指非常明确——从这里又可以看到鲁迅深刻的忧患。

以上是《记念刘和珍君》的"位体"和"事义"，下面再谈"置辞"和"宫商"。这篇文章语言非常好，秀句、隐句很多。

先看秀句。第二部分"真的猛士，敢于直面惨淡的人生，敢于正视淋漓的鲜血"，第四部分的"沉默呵，沉默呵！不在沉默中爆发，就在沉默中灭亡"和第七部分的"苟活者在淡红的血色中，会依稀看见微茫的希望；真的猛士，将更奋然而前行"，都是秀句。而且最后一句"真的猛士，将更奋然而前行"和前面的"真的猛士，敢于直面惨淡的人生，敢于正视淋漓的鲜血"还形成照应关系。

再看隐句。《记念刘和珍君》里的隐句有很深刻的反讽味道。在第五部分,"当三个女子从容地转辗于文明人所发明的枪弹的攒射中的时候,这是怎样的一个惊心动魄的伟大呵",其中有两个反讽:一个是"文明人所发明的枪弹"——文明人应该是不使用武力的,但文明人发明了枪弹;第二个反讽是,"这是怎样的一个惊心动魄的伟大呵"中的"伟大"——文明人所发明的枪弹把三个女子打死了。

至于"宫商",这篇文章里也有一些有节奏、有音乐感的句子。比如,第四部分最后一段:"惨象,已使我目不忍视了;流言,尤使我耳不忍闻。"大体上还是一个对句,有一种很低徊、很沉重的节奏感。这种节奏有音乐性在里面,构成了作品体貌、风格的基调。

最后看"奇正"和"通变"。香港梁锡华写过一篇文章《鲁迅的〈记念刘和珍君〉》,说《记念刘和珍君》在鲁迅的杂文里是个"奇","正"指的是鲁迅议论性的和说理性的杂文。鲁迅的议论和说理多数在杂文里,而抒情之音则谱写在《野草》和旧体诗里。但是在《记念刘和珍君》这篇杂文里,鲁迅也抒情,而且是情味最深、最感人的抒情。用杂文来抒情是鲁迅的"正"中之"奇"。

至于"通变",这篇文章在文体上属于悼念文。在中国散文史和诗歌史上,悼念文经常用来书写哀悼之情,鲁迅先生的追悼文为死去的三个学生而写。其实,与鲁迅同时代的作家,像冰心、徐志摩、郁达夫也都写过悼文,但鲁迅的悼文里有强烈的愤怒,就是刚才讲的作为主旨的三点。

谈到"通变",其实没有办法抹掉文学创作和文学批评里古代的影响。中国现代批评是以一种反传统的姿态出现的,如打倒孔家店、用白话文反对文言文等等。可是,我们看"五四"时期的大家们,包括鲁迅在内,他们的批评文体里面都有很明显的传统痕迹。创作也是这样的,现代名著中也不乏古代的元素。戴望舒的《雨巷》很有名,其实就源于李璟的《浣溪沙》,把"丁香空结雨中愁"一句词敷演成《雨巷》这首诗。还有卞之琳的《断章》,"你站在桥上看风景,看风景人在楼上看你。明月装饰了你的窗子,你装饰了别人的梦",也是对姜夔《疏影》里"等恁时,重觅幽香,已入小窗横幅"几句的化解。同样的道理,现代批评的书写,其实也应该有点古典的意象,有没有古典的意象大不一样。因此,熟读《文心雕龙》,最好能够背诵关键的篇章,像《神思》《物色》《情采》《知音》《通变》《时序》。只有对传统文论烂熟于心,达到"从来不需要想起,永远也不会忘记"的程度,方能实现真正的通变。这样一来,在处理"通变"与"奇正"时,会更加得心应手,应用自如。

三、圆照之象

刘勰在《知音》篇里还谈到了对鉴赏论的整体观,即"圆照之象"。这是针对当时文坛没有整体观——"东向而望,不见西墙"的弊端。按照佛教的观点,"圆"即圆势、圆通。可以说,刘勰的鉴赏论自成体系。

一般认为,刘勰的"六观"是一个系统。但是,"六观"其实并非总系统,至多是一个子系统。如果要讲鉴赏论系统,应该从《宗经》《征圣》讲起。鉴赏论系统有三个层面,最高层面是经典,其次是能够宗经的文章,最后才是"六观"。刘勰称最好的文章为"志足而言文,情信而辞巧",意思是经典既志意充实、言辞有文采,又情感真实可信,修饰也很精巧,这是第一个层面。

刘勰在《宗经》篇中说"文能宗经,体有六义",这是从更细致而且是相辅相成的六个方面提出自己的标准。这六个方面,既有思想又有情感,既有文体风格又有语言修辞,非常全面。比如"情深而不诡"属于情感,"风清而不杂"属于风格,"事信而不诞"讲引事真实,"义贞而不回"讲意义内容,"体约而不芜"讲文体的简约,"文丽而不淫"讲文辞的美丽。因此"六义"比前面《征圣》篇中的"志足而言文,情信而辞巧"更细致、更全面一些。刘勰根据"宗经"提出"六义",这是第二个层面。

第三个层面才是"六观"。如何看出文章的好坏、优劣呢?刘勰认为,先从三个层面来看:第一是经典,第二是文章,第三是文情。"文情"如何考察?从六个方面来看,也就是刘勰所谓"是以将阅文情,先标六观"。"六观"是"文情"的六个方面,它和"六义"不一样,"六义"侧重于树立楷模、典范和标准,而"六观"则是观文的不同方面:一观"位体",看作品所表达的情理是否适应其文体和风格;二观"置辞",看文章在段落安排和词句运用上是否恰当;至于后面的观"通变""奇正""事义""宫商"均指向"观"文的不同方面。

其实,"六观"在《知音》篇之前都谈到过。谈位体的有《体性》篇,谈置辞的有《丽辞》篇,通变本身就是篇名,奇正有《定势》篇(定势就是根据文章中的思想感情来确定文本的体裁、写法和风格),事义有《事类》篇,宫商有《声律》篇。不妨说,刘勰的"六观"在《知音》篇之前就已经分别谈论过了,再纳入《知音》篇是做一次总结。因而,从"经典"到"文章"再到"文情",刘勰的鉴赏论构成了一个完整的体系。

此外,刘勰鉴赏论的可贵之处还在于有现代色彩。古代文论没有严格的鉴赏与批评之分,往往是笼统地评点或品藻,仁者见仁、智者见智。虽然刘勰没有直接地用"批评"和"鉴赏",但可以看出来他在《知音》篇里有区分批评和鉴赏的倾向。

"圆照之象"所代表的整体性思维,在刘勰的鉴赏论里包含两个层面:第一,刘勰的鉴赏论本身有严密的逻辑体系;第二,刘勰倡导以圆照的、规范化的批评来超越偏颇的、个性化的批评。刘勰之所以能超越前人,就在于他走的是批评之路,走出了个性化鉴赏的老路,将对作家和作品的优劣辨析上升到批评的层次。

再回到本章的标题"《知音》博观"。刘勰在《知音》篇中专门讨论了文学批评的方法问题,也就是今日常说的接受理论与鉴赏理论。刘勰在开篇提出"音实难知,知实难逢"的问题,指出文学批评的难处。刘勰认为,"知音"之所以难,主要原因是批评者常犯"贵古贱今""崇己抑人""信伪迷真""各执一隅"和"深废浅售"等五弊。要想破除这五弊:首先需要通过博观扩大视野,打破狭隘与偏见,保持客观的立场;其次还要通过"标六观"这种专业技巧来鉴别文章,从六个方面考察、分析文学作品的优劣高下。具体而言,就是"观位体""观置辞""观通变""观奇正""观事义"和"观宫商"。这"六观"被刘勰视作沿波讨源的入手处,据此探得作者的思想与情感。只有在克服"五弊",做到"六观"之后,文学鉴赏才能由"博观"达至"圆照之象"。

第七章
《丽辞》雅美

从中国古代文论的演变历程看，对文学话语形式美的要求，直至文学自觉时代才落实为具体的理论阐述。三国时期，曹丕在《典论·论文》中提出"诗赋欲丽"，率先肯定文学本身的形式美。西晋时期，陆机在《文赋》中主张"会意尚巧"与"遣言贵妍"，对构成语言文辞形式美的诸多要素，如对偶、辞采和音韵等，也同样持肯定的态度。在刘勰所处的南北朝时期，诗赋在文坛占据主体地位。这一时期，骈体文是文章的主流，文人创作普遍重视对偶与声律，追求语言的华美感。面对这一文坛现实，刘勰论文也注重文学话语形式美的规律。作为一部论说体的文学理论专著，《文心雕龙》措辞雅丽、笔调华美，亦可视为刘勰的文学作品。骈体的《文心雕龙》塑造了充满文学性的话语方式，其中以《丽辞》《比兴》和《隐秀》等为代表的篇章还总结了文学话语形式美的规律，内含刘勰独特的文学创作方式。本章将从"玉润双流""拟容取心"和"文外重旨"三个关键词入手，解读刘勰话语方式的文学性和隐藏在话语方式背后的创作论。

一、玉 润 双 流

"玉润双流"出自《文心雕龙·丽辞》：

> 赞曰：体植必两，辞动有配。左提右挈，精味兼载。炳烁联华，镜静含态。玉润双流，如彼珩珮。

"双流"犹双垂，"珩珮"是成双的佩玉，"玉润双流，如彼珩珮"是讲佩玉成双悬挂。此处运用一连串的比喻，"炳烁联华"讲花开并蒂，"镜静含态"讲对镜成双，这都是一种骈俪的美、对句的美。本节先从刘勰对句的话语方式讲起。

（一）造化赋形，自然成对

中国文学的一个特色之处是"对句"艺术。刘勰在谈"对句"艺术的时候，首先将它归于一种道家的"自然"，一种"自然之道"。这意味着骈俪文即骈文，看起来是人为之文，其实是自然之文。

"自然"有两个含义：一是名词，指自然物；一是形容词，自然而然。刘勰在谈"丽辞"的自然性的时候，兼采两种含义。首先，"丽辞"是自然物，成双成对，譬如：人的肢体左右对称，"造化赋形，支体必双"；自然景物上下对称，"高下相须，自然成对"。其实，上古的人写文章时并没有对偶意识，是自然成对，而到魏晋南北朝已经有了一种自觉意识。刘勰从"五经"中找到很多例子，都是自然成对，构成一种形容词或副词意义上的自然而然、本来如此。在《丽辞》篇的第一小节中，刘勰按照对句是自然现象的观点，排比这些例子。

第一个例子是《尚书》中的偶言，即对偶的语言。刘勰举"罪疑惟轻，功疑惟重"和"满招损，谦受益"的例子，说明《尚书》并不是故意去对偶，而是自然地说出。可见"丽辞"的形成，并不是人的精心营造，而是自然形成的。

第二个例子是《周易》里的《文言》和《系辞》。此处刘勰谈的不是对句的自然性，而是另外一种道理。刘勰首先以乾卦①的四德为例，讲乾卦的四种德性——元亨利贞，即元始、亨通、合利、贞正。这四句话的对偶实际上是衔接式的，"元始"讲万物之初，"亨通"讲万物生长的顺畅，由于元始亨通，物性能够和谐并各得其利，进而获得"贞正"。因此，"元始亨通"作为上句，"合利贞正"作为下句，是一种衔接关系。这种意思相偶且贯通、衔接的对句，也是一种"丽辞"。此类前后相接、相衔式的对偶，《周易》中还有，比如乾卦的爻辞——六根爻线，依次描绘龙的六种状态，即潜龙勿用、见龙在田、终日乾乾、或跃在渊、飞龙在天和亢龙有悔。龙从潜伏到飞天再到掉下的过程，也是一种对偶，是一种衔接式的、纵向式的对偶。刘勰举《周易》

---

① 乾卦：六根阳爻构成，是纯阳之性，可以表示万物生长时的元始亨通。

的例子，实际上是讲"丽辞"的另一种方式。

第三个例子是《诗经》，此处刘勰也提到《左传》和《国语》。《诗经》中的偶章，还有《左传》《国语》中的大夫的游说之辞（"大夫联辞"），有偶句，也有奇句，是奇偶相参，或各有奇偶，所以不必要扬偶而抑奇，而是要奇偶迭用，反对过分地求偶。从这里可以看出刘勰是比较开通的，刘永济先生在讲到这一点的时候曾大发感慨：

> 刘勰在骈文很盛的时代，主张"迭用奇偶"，斥对"过求偶丽"，其见识是超越常人的。若舍人在当时贵如曹、陆，高如休文，"使秉笔者从风，摛词者仰望，则其衰之任，何悖昌黎？"[1]

除了举"五经"中的例子，刘勰还以两汉"扬马张蔡"[2]和魏晋"群才"为例，指出前者笔下的偶句运用越来越多，后者造句更加精密，对偶更加讲究，其效果有好有坏，或"契机者入巧"，或"浮假者无功"。

以上的例子是刘勰就骈文的发展来谈有关骈俪的一些基本看法，指出"丽辞"是"造化赋形"，自然成对。随后刘勰具体讲到"丽辞"的方式，也就是"四对"。

---

[1] 刘永济：《文心雕龙校释》，中华书局，2007年版，第125页。
[2] "扬马张蔡"："扬"指扬雄，"马"指司马相如，"张"指张衡，"蔡"指蔡邕，四人都是汉代著名的文学家。

（二）丽辞之体，凡有四对

刘勰讲的"四对"其实可以分为两大部分：一种是言对，一种是事对。言对，是纯粹以语言相对，中间不用事，刘勰称之为"双比空辞"。"空辞"是指不用事、不用典，纯粹是言辞，不涉及任何典故。事对，刘勰称之为"并举人验"，即要用典故，并且典故是后人能够检验的，是有文字根据的，而不是自己创造的。言对和事对中同时包括正对和反对：言对中有正对和反对，事对中也有正对和反对；反对中有言对与事对，正对中也有言对与事对。刘勰对正对和反对的概念也有明确表述，正对是"事异义同"，反对是"理殊趣合"。实际上，"四对"不在同一逻辑层面上。关于"四对"，刘勰在《丽辞》篇中举了一些例子来证明，此不赘述。本节要讲的是刘勰的话语方式，即《文心雕龙》如何运用"四对"。

先看言对，此处以《通变》为例。"夫设文之体有常，变文之数无方"，因为中间没有用典，所以这是言对；以"有常"对"无方"，所以是言对中的反对。"绠短者衔渴，足疲者辍涂"，一个是打水的时候绳子太短所以打不到水，一个是走路的时候脚力不行，容易疲劳，所以半途而废。此处虽然用两个比喻，但因其都是指能力和才能有限而达不到自己的目的，实际上是一个道理，所以还是言对，且是言对中的正对。需要注意的是，刘勰讲正对是"事异义同"，这里的"事"不是用典的"事"，不是历史上真有其事。"绠短"和"足疲"虽然也是讲事情，但举的是生活中的例子。一个是打水，一个是走路，二者结果一样，所以是"事异义同"，也就是"双举同物以明一义，词迳而意重"。

再看事对，此处以《神思》篇为例。《神思》篇中有比较集中的、典型的关于事对的例子。刘勰在讲"人之禀才，迟速异分"时，一连罗列十二个例子。这十二个例子共计六对，两两相对且工整，而且都是有出处：

> 相如含笔而腐毫，扬雄辍翰而惊梦，桓谭疾感于苦思，王充气竭于思虑，张衡研京以十年，左思练都以一纪。……淮南崇朝而赋《骚》，枚皋应诏而成赋，子建援牍如口诵，仲宣举笔似宿构，阮瑀据案而制书，祢衡当食而草奏。

具体分析可知，"相如"和"扬雄"是人名对、"含笔"和"辍翰"是动作对、"腐毫"和"惊梦"是结果对。前六个例子共三组都是事对，也是正对，对得都比较工整，指的是同一个意思：作家的构思和书写来得太慢，即文之迟也。后六个例子又是三组事对，也是正对，讲的也是同一个意思，即思之速也。以上六组十二对例子大都有出处，司马相如的典故出自《汉书》，扬雄和桓谭的典故出自《新论》，王充和张衡的典故出自《后汉书》，左思的典故出自《晋书》，王粲和阮瑀的典故出自《三国志》，祢衡的典故出自《后汉书》……事对中的反对在《文心雕龙》中不是很多，不过也可以找到，比如《体性》篇中："子云沉寂，故志隐而味深；子政简易，故趣昭而事博。"扬雄是"远奥"一体，所以趣味比较沉稳，味道比较深刻、隐晦；刘向是"显附"一体，所以趣味昭然、广博。

刘勰虽然讲"四对"，但是并没有把它们等同对待。换言之，刘勰认为"四对"存在优劣之分。回到《丽辞》篇，且看刘勰如何讲"四对"优劣：

> 故丽辞之体，凡有四对：言对为易，事对为难；反对为优，正对为劣。言对者，双比空辞者也；事对者，并举人验者也；反对者，理殊趣合者也；正对者，事异义同者也。……凡偶辞胸臆，言对所以为易也；征人资学，事对所以为难也；幽显同志，反对所以为优也；并贵共心，正对所以为劣也。

刘勰认为正对没有反对好。正对和反对同样是两句话，反对之间意思相反，有一种反差，构成一种张力，但是如果意思一样便会显得重复。在刘勰看来，言对很容易，只需要把心里的话组成对偶，上下对仗即可达到；事对是很困难的，要用典，讲究学问，并且要准确，需有出处。正对和反对比较的不是难易而是优劣。"幽显同志"指的是王粲《登楼赋》中的"钟仪幽而楚奏，庄舄显而越吟"，钟仪在幽禁的时候演奏楚音，庄舄在显赫的时候歌唱越调。这两个事情其实是相反的，但是讲的是同一个道理，即创作的发生，因此为优。"并贵共心"出自张载《七哀》诗"汉祖想枌榆，光武思白水"，汉高祖和汉光武帝都是显贵的帝王，都在思念自己的故乡。这两个例子讲的是一个意思，但是为求"对"，重复说两个，所以为劣。刘勰认为最糟糕的重复是刘琨的"宣尼悲获麟，西狩泣孔丘"，因为这句诗讲的是同一个人的同一件事情。"宣尼"即"孔丘"，"悲获麟"即"西狩泣"，所以刘勰称之为"对句之骈枝"，认为这不是自然美。

在谈及语言的技巧时，刘勰不仅讲究对句，还讲究字句章篇的统一，下面将探讨刘勰如何在《文心雕龙》中论字句章篇的统一。

（三）字坚句清，章明篇炳

关于字句章篇的统一，刘勰首先在《章句》篇中做了一个整体的概括。《章句》篇讲如何谋篇布局、营构文章，刘勰在此谈到字句章篇四者之间的关系：

> 夫人之立言，因字而生句，积句而为章，积章而成篇。篇之彪炳，章无疵也；章之明靡，句无玷也；句之清英，字不妄也。

刘勰认为：因为有字，所以有句；把句集在一起，构成一篇文章；把文章集在一起，组成了篇。实际上，这里的篇相当于一本书。整本书有光彩，是因为章节没有毛病；每一章写得明白细致，是因为句子没有毛病；句子写得清新挺拔，是因为每个字都非常准确。反之亦然。

刘勰专门用《练字》篇讲"字",他在开篇先讲"字"的起源:

> 夫文象列而结绳移,鸟迹明而书契作,斯乃言语之体貌,而文章之宅宇也。仓颉造之,鬼哭粟飞;黄帝用之,官治民察。

文字的起源有一种神圣性。典籍将汉字的起源看作神话,因为这是一个非常重要的文化事件,有文字之后,整个文化便发生了很大的改观。《练字》篇从字的起源讲起,表明刘勰重视字,以字为圣。

字的重要性不仅体现在起源的神圣性,还在于它所具有的心声心画功能:

> 字形单复,妍媸异体。心既托声于言,言亦寄形于字,讽诵则绩在宫商,临文则能归字形矣。

不管是简单还是复杂,是美还是丑,字都有一种共同的功能,也就是扬雄所说的"心声心画"。因为心通过语言得以表达,所以语言是心声;因为心声通过字被看到,所以文字是心画。没有语言和文字,心就很难被他人把握。由于字是心声心画,就要像音乐一样保持和谐。正如刘勰在《附会》篇中所谓"如乐之和,心声克协",语言对心声的表达如音乐一样,有和谐的妙用。

第七章 《丽辞》雅美

那么，怎样才能表达一种和谐呢？刘勰主张要对"字"进行挑选和选择，即"拣择"：

> 是以缀字属篇，必须拣择：一避诡异，二省联边，三权重出，四调单复。

刘勰讲到了选字的四个原则，涉及对字形的选择。"避诡异"，指避字体较怪的字，如曹摅诗"偏心恶呦呦"中"呦呦"便是很怪异的字，破坏了篇章的美丽。"省联边"，是指在一句话中减少对偏旁相同的字的运用。"权重出"，是指衡量在一句话或一个自然段中字重复出现的次数。刘勰在这一方面非常讲究，例如《通变》篇：

> 黄歌"断竹"①，质之至也；唐歌《在昔》②，则广于黄世；虞歌《卿云》③，则文于唐时；夏歌"雕墙"④，缛于虞代；商周篇什⑤，丽于夏年。

刘勰为说明某一时代的诗歌比前代更加繁缛、华丽，分别

---

① "断竹"：上古民歌《弹歌》，被认为是最早的二言诗，内容为"断竹，续竹，飞土，逐肉"，出自《吴越春秋》。
② 《在昔》：唐尧时的诗歌，今已不传。
③ 《卿云》：虞舜《卿云歌》，第一句是"卿云烂兮"。
④ "雕墙"：夏太康时《五子之歌》，其中有"峻宇雕墙"一句，见伪古文尚书《夏书》。
⑤ 篇什：《诗经》的《雅》《颂》以十篇为一什。

用了"质""广""文""绵""丽"四个形容词,简洁而富于变化。"调单复",指调整笔画少和笔画多的字,讲的是字形问题。古代字在书写过程中讲究书法,因此字有肥瘦之分,如果仅仅把肥的字或瘦的字写在一起就不美了。刘勰讲"练字"时涉及字形、字体和用字的频率等,一言以蔽之,选择用字一定要为文辞之美服务。

刘勰关于"句"的论述,集中在《章句》篇:

句者,局也。局言者,联字以分疆……句司数字,待相接以为用……搜句忌于颠倒。

刘勰对"句"的解释是"句者,局也","局"指局限,局限即是划界。古代没有标点符号,诸多字排列在一起,需要句读。此处的句读实际上可以作为动词用,给文章划界、标点,使其有一个疆界,即"联字以分疆"。因为一句话要管很多字,"句司数字,待相接以为用",衔接得如何至关重要。所以在用句的时候要顺畅,忌讳颠倒,"搜句忌于颠倒"。

刘勰关于"章"的讨论,同样集中在《章句》篇:

故章者,明也……明情者,总义以包体……章总一义,须意穷而成体……裁章贵于顺序。

"章者,明也","章"可以写成"彰",即彰显的意思。一个句子尚不足以将感情讲得清楚明白，所以必须要有"章"才能明情。而此处的"章"总结含义而包括文体，故章的作用和句的作用不同。"章总一义，须意穷而成体"，"章"是一个意义的段落，把意思说完整，才成为一个文体。在分章的时候需要"裁章贵于顺序"，不能颠倒。刘勰提出了调配章和句的总原则：

离章合句，调有缓急；随变适会，莫见定准。

即章和句的分和合，有缓有急，根据内容而变化，没有一个固定的标准。刘勰为了把问题说清楚，用了一个很好的比喻：

其控引情理，送迎际会，譬舞容回环，而有缀兆之位；歌声靡曼，而有抗坠之节也。

"缀"是连缀的意思，即舞者排成一行；"兆"是这一行中舞者所站的位置，或者出或者进的位置叫"兆"："缀兆"指舞蹈队形的连缀和变化。一个章如同一列舞蹈的队伍（"缀"），一句如舞蹈中的一个位置（"兆"）。"抗坠"分别指高低，《礼记·乐记》称："歌者上如抗，下如坠。"全句的意思是：章和句的搭配如同舞蹈队形的变化和声音的高低变化一样，要符合规律、符合美的要求。

刘勰专门写《附会》篇，较为详细地论述"篇"。篇名中的"附会"不是牵强附会，而是附词会义。刘勰讲"文附质，质待文"，写文章就是把文辞附在意义上面，使文辞和意义相合。《附会》篇讲如何将字词句章整合成篇，刘勰将"附会"解释为"谓总文理，统首尾，定与夺，合涯际，弥纶一篇，使杂而不越者也"，即把各个部件整合成一篇，使之成为有首有尾的整体。

刘勰还用"生命之喻"进一步解释附会："必以情志为神明，事义为骨髓，辞采为肌肤，宫商为声气。"在文章这个生命体中，作者要表达的情感和志向是作品的精神、灵魂，作者所要表达的事义是作品的骨髓，辞采是作品的肌肤，宫商音韵是作品的声气。对于人而言，神明、骨髓、肌肤、声气四者缺一不可，缺少任何一种便是生命力枯竭的表现；对于文章而言，也是如此。据此，"附会"可理解为建构文章的生命体。文章是有生命的，如何去附会，如何去命篇，就是刘勰所讲的"命篇之经略"：

> 是以附辞会义，务总纲领，驱万涂于同归，贞百虑于一致，使众理虽繁，而无倒置之乖，群言虽多，而无棼丝之乱。扶阳而出条，顺阴而藏迹，首尾周密，表里一体，此附会之术也。夫画者谨发而易貌，射者仪毫而失墙①，锐精细巧，必疏体统。故宜诎寸以信尺，枉尺以直寻②，弃偏善之巧，学具美之绩：此命篇之经略也。

---

① 谨发而易貌：在画相的时候对头发很谨慎，却忘记了整个容貌。如果对整体容貌没有把握，即使头发画得再像，还是不成功的画作。射者仪毫而失墙：射箭的人只看到细微处，却失掉了大目标。
② 诎：通屈，意为委屈。信：同伸。枉：也是屈。直：也是伸。寻：比尺更大的度量单位，一寻为八尺。

刘勰认为"附辞会义"要抓到一个纲领,"务总纲领",殊途同归。很多种思考要统一起来,有一个整体性思维;很多道理、语言,要讲得有秩序、不凌乱。"扶阳而出条,顺阴而藏迹",前面是显附,后面是远奥;"首尾周密,表里一体"是附会的方法。刘勰认为很多人不会整体把握,所以最后又强调一点,要抓大放小、诎小伸大,这样方能"弃偏善之巧,学具美之绩"。"具美"实际上是一种唯务折衷的美,是整体性的美、追根溯源的美。不难看出,刘勰的话语方式和思维方式是一致的。

在《附会》篇中,刘勰还谈及文章修改的难度:"改章难于造篇,易字艰于代句。"刘勰认为,修改一个篇章比写一本书更困难,修改一个字比换一个句子更困难。因此,刘勰讲"善附者异旨如肝胆,拙会者同音如胡越",即善于调整文辞的人能把不同的用意结合得像肝胆般亲近,而不会安排命意的人却把和谐的音调分离得像北胡南越般遥远。刘勰在《附会》篇的最后讲到"如乐之和,心声克协",认为练字、划句、断章、谋篇、附会都是为了使作品更好地表达心声,并使心声和谐。

二、拟容取心

"拟容取心"出自《文心雕龙·比兴》:

> 赞曰:诗人比兴,触物圆览。物虽胡越,合则肝胆。拟

容取心，断辞必敢。攒杂咏歌，如川之澹。

"拟容"指比拟外容，"取心"意为摄取精神；"拟容取心，断辞必敢"是讲起兴模拟外形，采取含意，措辞果敢。此处同样运用了一连串的比喻："物虽胡越，合则肝胆"是讲事物相合，"攒杂咏歌，如川之澹"是讲文辞生动。这都是"比"和"兴"手法的作用。

"比兴"是一个很古老的话题，"比者，以彼物比此物也；兴者，先言他物以引起所咏之辞也"。从《诗大序》开始，便有很多关于比兴的说法。《诗大序》讲"诗有六义焉"，"六义"说之中有"比"和"兴"。《诗大序》讲"主文而谲谏"，"主文"指文章以修辞为主。"谲谏"是指面对国君的优点，不直接歌颂，避免谄媚；发现国君的缺点，也不直接批判，以免君主难以接受。可以说，"谲谏"就是比兴，"主文而谲谏"就是文章要以比兴修辞为主。

孔子话语中有很多比兴，例如以"沧浪之水清兮，可以濯吾缨；沧浪之水浊兮，可以濯吾足"教育学生；再如引《诗》"如切如磋，如琢如磨"以讨论人格修炼，就是借助《诗经》中的一句话进入人格修炼和礼乐学习的话题。《诗经》中的原话对于后来要讨论的事情而言，是一个比兴：以"如切如磋，如琢如磨"比喻人格修炼要精益求精；用"绘事后素"比喻要先有仁爱之心，再加以后天的礼乐修养。这些是比，同时也是兴，是先用《诗经》的话引出一个话题，再谈所要讲的中心话题，即人格修炼。

刘勰谈比兴主要还是受陆机的影响。陆机言"离方遁圆","离"即离开,"遁"即逃遁,也是离开的意思,是指离开方圆能够穷形尽相。关于这句话有两种解释:第一种解释,方和圆是规矩,整句话可以解释为只有遵守规矩,才能描绘事物的形象。但是,方和圆如果作规矩讲,陆机的"离方遁圆"便是离开规矩,这和遵守规矩相互矛盾。因此有第二种解释,王元化先生在《文心雕龙创作论》中专门有《释比兴》《再释比兴》两篇文章谈比兴,讲"离方遁圆"实际上是离开方才能说方,离开圆才能说圆。这实质上是说要用比兴,即不能直接去说方和圆,而是要比喻地说,要比兴地说,这样才能够描绘形象。这种解释也能够成立,但只是讲到描写方法,不涉及内心。其实刘勰讲比兴还有一层更深刻的意思,即"拟容取心",是指要涉及内在的、内心的一种情感——心灵的世界,包括精神的境界。"拟容",指比拟外容、外貌,是手段;"取心",指摄取精神,是目的。因此只有把比兴与内在精神和境界的表达联系在一起,才能抓住问题的实质。陆机讲"离方遁圆"才能穷形尽相,"形象"的英语单词是 image。这个词可以作为名词,是肖像、影像、映像的意思;同时还可以作为动词,表达比喻的意思。通过明喻和隐喻来塑造形象,这里的明喻相当于刘勰所讲的"比",隐喻相当于"兴"。

刘勰在《比兴》篇中,从诗的六义谈起,然后讲到兴起,提出了"'比'显而'兴'隐"的观点,这是刘勰很重要的一个贡献:

> 《诗》文宏奥，包韫六义①；毛公述《传》②，独标"兴"体，岂不以"风"通而"赋"同，"比"显而"兴"隐哉？故比者，附也；兴者，起也。附理者切类以指事，起情者依微以拟议。起情故兴体以立，附理故比例以生。比则畜愤以斥言，兴则环譬以托讽。盖随时之义不一，故诗人之志有二也。

这一段文字不仅指出比显和兴隐的缘由，还明确了比兴的定义。"比"即附，是附理切类以指事；"兴"即起，是起情依微以拟议。因此附是比附，起是兴起，比附事理，兴起情感。所谓"比附事理"，是指按照事物相同或相似的地方说明事理；所谓"兴起情感"，是指依照事物隐微、微妙之处寄托意义或情感。相同或相似很明显，容易把握到；而隐微、微妙却很难把握，要通过分析、体会来领悟。因为"比"较为明显，便于抒情，所以刘勰讲"畜愤以斥言"，即积蓄愤怒，发表驳斥性的言论；"兴"较为隐晦，所以是"环譬以托讽"，即用委婉曲折的比喻来进行讽喻。

其实显和隐的划分是相对的，"畜愤以斥言"和"环譬以托讽"都是比兴共同的功能。例如《离骚》多用比兴，用善鸟香草比喻君子，用恶禽丑物比喻小人，有时很隐晦，有时又很明显。在《离骚》中，美人这个隐喻有多重意思，屈原把自己比喻成美

---

① 六义：《诗大序》"诗有六义焉，一曰风，二曰赋，三曰比，四曰兴，五曰雅，六曰颂"。
② 毛公述《传》：毛公，指毛亨，相传他曾作《诗训诂传》解释《诗经》；传，注释或阐释经义的文字。

人有两个含义。一是把自己比喻成君子，而那些丑女则是小人。"众女嫉余之蛾眉兮，谣诼谓余以善淫"，意思是众多丑女嫉妒我的美貌，在后面散布谣言，这是小人的一贯的做法。此处是用美女和丑女分别比喻君子和小人。还有另外一种比喻，把自己比喻成美女是为了将自己和楚怀王的关系比喻成夫妻关系——我已经同你订婚，但是你却移情别恋，将我抛弃。同样是美女，同样的一个喻体，同样的能指，却有双重所指：第一种所指的意义非常明显，美女和丑女，君子和小人；第二种所指则很隐晦，如果没有历史背景知识，不知晓屈原和楚怀王的君臣关系，不懂得古代经常用一种比拟女性的方法来表达君臣关系，便不会懂得美女的第二层含义。这便是兴，便是隐。

刘勰对"兴"的分类不似谈"比"时那样具体，他没有明确划分"兴"的不同类型，只是笼统地指出"婉而成章，称名也小，取类也大"。"称名"指喻体，是用来打比方的具体事物；"取类"是本体，指要说明的对象，这个对象可以很大，不仅是形状大，而且指意义大。所以比兴是托象以寓意，因小而喻大。例如刘勰用鸟比喻后妃之德，鸟很小，而后妃之德很大，这便是以小比大。刘勰讲"比"的时候用了八个例子，基本上都取自《诗经》，其特征是以小见大：

且何谓为比？盖写物以附意，飏言以切事者也。故金锡以喻明德，珪璋以譬秀民，螟蛉以类教诲，蜩螗以写号呼，浣衣以拟心忧，席卷以方志固：凡斯切象，皆比义也。至如

"麻衣如雪""两骖如舞",若斯之类,皆比类者也。

刘勰谈"比"的时候,区分了四种方式:

> 夫比之为义,取类不常:或喻于声,或方于貌,或拟于心,或譬于事。宋玉《高唐》云"纤条悲鸣,声似竽籁",此比声之类也;枚乘《菟园》云"焱焱纷纷,若尘埃之间白云",此则比貌之类也;贾生①《鵩赋》云"祸之与福,何异纠缠",此以物比理者也;王褒《洞箫》云"优柔温润,如慈父之畜子也",此以声比心者也;马融《长笛》云"繁缛络绎,范蔡之说也",此以响比辩者也;张衡《南都》云"起郑舞,茧曳绪",此以容比物者也。

此处的声、貌、心、事都是指喻体。宋玉《高唐赋》中风吹细小树枝发出悲鸣的声音,如同竽或籁发出的声音,这是用音乐比喻自然界的声音。在这个例子中,音乐的声音是喻体,自然的声音是本体,因此是"喻于声"。枚乘《菟园》以鸟的纷飞比喻云彩中的尘埃,因为鸟的羽毛有颜色,可以用来作比,这是"方于貌"。王褒《洞箫赋》中的例子较为奇特,按照比喻的一般规律是以具象来喻抽象,但是在这个例子中正好相反,是用比较抽象的、内在的事物比喻具体的事物。"优柔温润"是洞箫的

---

① 贾生:指贾谊。

声音，这种声音如同是慈父在关爱自己的孩子。换言之，慈父关爱自己的孩子像优柔温润的洞箫之音一样。因为慈父对自己孩子的关爱是内在的，所以是用心来比喻，即"拟于心"。再看"起郑舞，茧曳绪"，"郑舞"是郑国的舞蹈，"曳"是牵引，"绪"是端绪，这一句意为跳起郑国的舞蹈如同茧抽丝一样。用茧抽丝一事比喻郑国的舞蹈，这便是"譬于事"。

这四种类型或四种方式在《文心雕龙》中都可以找到。比如《征圣》篇中"鉴悬日月，辞富山海"，圣人的见解如日月之明，文辞如山海之富。日月或山海都是一种可以看到的物体，用日月和山海比喻见解之光明、文辞之丰富，属于"方于貌"。再如《宗经》篇中"墙宇重峻，而吐纳自深"，用房屋高墙的崇峻比喻圣人的容量，同样是"方于貌"。又如《宗经》篇中"譬万钧之洪钟，无铮铮之细响矣"，圣人的教诲如万钧之洪钟般嘹亮，不似铮铮的细微声音，这便是"喻于声"。

《情采》篇更为集中地呈现了"比"的不同类型与方式：

> 夫水性虚而沦漪结，木体实而花萼振，文附质也。虎豹无文，则鞹同犬羊；犀兕①有皮，而色资丹漆，质待文也。若乃综述性灵，敷写器象，镂心鸟迹之中，织辞鱼网之上，其为彪炳，缛采名矣。

这段文字运用一连串的比喻说明文质关系。前两个比喻讲质

---

① 犀兕（sì）：似牛的兽，皮坚韧，可做铠甲。犀是雄的，兕是雌的。

的重要性,文依附于质,以质为本体。水性、木体是质,沦漪、花萼是文。因为水性是虚的,所以才会起波纹;因为木体是实的,所以才震动花萼。这是说内在的本质决定外在的文采,强调质的重要性,因此是"譬于事"。后面的比喻则强调文对质的重要性,因为内在的本质是看不见的,必须要等待文把内在的本质显现出来,没有文,质则无法外显。在接下来的比喻中,虎、豹的花纹是文,用犀牛皮做的甲胄上面涂的油漆是文。如果虎、豹没有花纹,那么它们的皮就与狗、羊的皮一样了。区别虎、豹和狗、羊,要依靠花纹。如果犀牛皮做的甲胄不涂油漆,便不是甲胄,因此内在的质要等待外在的文方能显现。这两组比喻既是"方于貌",又是"譬于事"。《情采》篇中"夫铅黛所以饰容,而盼倩生于淑姿"的比喻可以看作"拟于心"。这个比喻讲文章写得好坏与否,最重要的不在于是否有修辞,而在于是否有情感。铅黛能够装饰容貌,但是盼倩之美产生于淑姿。盼倩是眉目传情,淑姿是天生丽质,是一种气质、人格之美,这是性情,是化妆化不出来的。这便是以一种内在的美来比喻情感,因此可以看作"拟于心"。

《文心雕龙》中比喻的方式很多。无论是比还是兴,都要贴切,"切至为贵"。这种贴切也有一个度,也就是说完全没有相似性是无法比的,但是如果两者完全一样,那也没有比的必要。用来做喻体的事物与本体之间应该有一点相似,但又有所不同。刘勰讲比兴最突出的贡献是"拟容取心",且看《比兴》篇的"赞曰":

    诗人比兴,触物圆览。物虽胡越,合则肝胆。拟容取心，断辞必敢。攒杂咏歌，如川之澹。

用以"取心"的皆是自然中的一些物体，因此在观察事物的时候要周全。所要用的喻体与要说明的思想或事情，虽然关联甚远，但如若喻体用得贴至、恰当，便能达到肝胆相照的效果。比和兴都是用一个事物说明另一个事物，两者本有距离。没有距离便不能构成比兴，但是最后呈现的效果是两者之间没有距离。刘勰用"拟容取心"论述比兴，"拟容"是用外貌比拟，"取心"即摄取内在的精神，"拟容取心"就是通过取拟外貌来摄取内在的精神。

据此不难看出，刘勰对正确运用比兴的看法：一曰"比类虽繁，以切至为贵"，比喻的种类虽然复杂，但是要以切合事理为最好，把两种事物结合得贴切、自然，做到"物虽胡越，合则肝胆"；二曰"触物圆览"，即全面细致地观察和认识各种事物，以此激发丰富的联想和想象，充分运用比兴手法；三曰"拟容取心"，即运用比兴手法，既要比拟其外形，又要摄取其内涵，做到主客观、内外相结合；四曰"断辞必敢"，即运用文辞必须果断，要有胆识和气魄，敢于"斥言"和"托讽"。刘勰提出的这一系列关于正确运用文辞的观点，对后世诗文创作产生了深远的影响。

三、文外重旨

在《文心雕龙》五十篇中，《隐秀》篇很独特，因为此篇之中有很大一部分不是刘勰的原文，大概有四百字是后人增补的。关于补文的真伪，一直存有争论。从"始正而末奇，内明而外润，使玩之者无穷，味之者不厌矣"到"心孤而情惧，此闺房之悲极也"，这中间的一大段都是后人增补的。黄侃、范文澜、杨明照几位先生都认为增补部分是伪作，但詹锳先生认为是刘勰的原文。认为是后人伪作的原因有二：一是《文心雕龙》最早的抄本是唐写本，是在敦煌发现的唐代人用草书写的；最早的刻本是元代的至正本（1355）。从14世纪中叶到17世纪初万历年间《文心雕龙》的本子（1609），都没有这四百余字。直至明代末年（1614），钱公府得到阮华山的宋本方才补抄了这四百余字。现在补入这四百多字的最早刻本是明末天启二年（1622）梅庆生的第六次校对本，后来清代黄叔琳的本子（1833）也补了这四百多字，此后补文广泛流传。最先提出怀疑的是纪晓岚，他认为这四百多字是明人伪作。二是文本原因，增补的这一段太过雕琢而不自然，和刘勰《文心雕龙》的整体文风不符。还有一个硬伤是"彭泽之豪逸，心密语澄"，"彭泽"指陶渊明，而陶渊明的集子是萧统最早开始编的。也就是说，在有《文选》之后，方才有《陶渊明集》。萧统处于梁代，齐在梁前，刘勰至迟在齐末梁初便已写成《文心雕龙》，因此刘勰在写《文心雕龙》的时候，陶渊明的集子还未出现，所以一般都认为《隐秀》篇增补的文字是伪作。

《隐秀》篇对"隐秀"做如下定义：

> 隐也者，文外之重旨者也；秀也者，篇中之独拔者也。

隐以复意为工，秀以卓绝为巧。

关于"隐秀"的定义，可以结合黄侃先生在《文心雕龙札记》中的一则材料理解。黄侃先生提到，宋代张戒在《岁寒堂诗话》中引用了刘勰的一段话："刘勰云：情在词外曰隐，状溢目前曰秀。"说这句话是《隐秀》篇的文字，但是未见于现在普遍流行的本子。如果将张戒引用的这句话，也看作刘勰给"隐秀"下的定义，那么"情在词外"就是"言外之意"。用现在的话讲，"文外之重旨"中的"重旨"是一个能指有多个所指，还有一个含义是刘勰讲的复意，在表面的意思中间还包含着一种内在的意义。

"隐"作为表意的方式有两种含义。一个是不把字面上的含义直接说出来，用刘勰"赞曰"中的话来讲就是"深文隐蔚，余味曲包"，把含义放在语言的深处。"隐之为体，义主文外，秘响旁通，伏采潜发。"此处的"体"可以解释为语体，作为一种语体或曰话语方式，"隐"的含义在语言外面，是一种秘密的暗响，不显露意义；所谓"旁通"则四面通达，即是说，描写非常含蓄，但是表达的内容却很丰富，潜伏的文采在暗中闪耀。作为一种语体，是"隐"的第一层含义。

"隐"的第二层含义是作为一种含蓄的风格。司空图《二十四诗品》中有一品专讲"含蓄"，所谓"不著一字，尽得风流"。含蓄作为一种风格，是通过隐晦的描写表现深邃的文章之美。含蓄风格在五言诗中表现较多，如《明诗》篇"唯嵇志清峻，阮旨遥深"，"遥深"便是隐，是"文外之重旨"，是含蓄之美。阮籍八十二首《咏怀诗》很有特点。古代诗歌一般都有本事，本事是这诗歌本于何事，认为作诗总有缘由，是感于何事、何人或何物。但是在《咏怀诗》中，没有一个具体的人名，没有一件具体的事情，全部是一个孤独、绝望者的徘徊。第一首是"夜中不能寐，起坐弹鸣琴"，即夜晚失眠，起床弹琴。在某种程度上，失眠有一种哲学味道，人只有在失眠的状态和过程中方能感受到世界的空洞和人生的绝望。阮籍作为一个哲学家、一个真正意义上的玄学家，把对生活形而上的思考用《咏怀诗》表达出来，如履薄冰、如临深渊。阮籍"率意独驾，穷途而返"，这种感受通过《咏怀诗》含蓄地表现出来。

当然，含蓄也要有一个度，这个度正如刘勰所讲：

> 或有晦塞为深，虽奥非隐，雕削取巧，虽美非秀矣。故自然会妙，譬卉木之耀英华；润色取美，譬缯帛①之染朱绿。朱绿染缯，深而繁鲜；英华曜树，浅而炜烨。隐篇所以照文苑，秀句所以侈翰林，盖以此也。

含蓄之度就是自然。有的文章以用意隐晦为深，虽然很深奥但是并不含蓄；有的文章靠雕琢来求得工巧，虽然美好却不是警句。究其原因，正是违反了自然。自然之妙，如同草木的花朵光彩照耀。魏晋时期向秀的《思旧赋》便是含蓄过度的一个例子。

---

① 缯（zēng）帛：丝织品。

刘勰在《文心雕龙》中有很多"隐"运用得当，既不过，也未不及。隐得太过是晦涩，完全不隐则很浅露，如《史传》篇中"吹霜煦露，寒暑笔端"，讲的是史官在写史的时候如何评价历史人物。霜是严寒的产物，故"吹霜"指批评和贬斥；露是阳光雨露，表示美好的东西，故用"煦露"指赞美。刘勰用"吹霜"隐喻对人的批判，用"煦露"隐喻对人的赞美，这叫作"寒暑笔端"。批判一个人，让其不寒而栗，所以是寒；赞美一个人，给其温暖阳光，所以是暑。这是一例用得很好的"隐"。

从反面讲，隐喻隐得太过便晦涩，隐得不够则浅白；从正面讲，"隐"表达的意义和"秀"有相同之处。刘永济先生在注释《隐秀》篇时说："隐处就是秀处，隐句就是秀句。"这是刘永济先生很独到的一个见解。他说："文家言外之旨，往往就在文中警策处。读者逆志，亦即从此处入。"这句话表明，好的隐喻很独特，例如《二十四诗品》讲"典雅"的"落花无言，人淡如菊"，对"典雅"一品来说是个隐喻，但这句话本身又是一个秀句。后人讲"典雅"，无法超越司空图的"落花无言，人淡如菊"。

《文心雕龙》中也有许多既是隐句也是秀句的例子。例如，《定势》篇中"机发矢直，涧曲湍回"，是一个隐句。"机"是古代的一种弩箭，"涧曲"是曲折的小溪，"机"和"涧"指文体，"矢直"和"湍回"指文势、风格。何种文体决定何种风格，弩箭决定了箭是直的，弯曲的河流决定了水是湍回的，此处是隐。但是这句话又是秀句，是非常经典的一个比喻。再如"激水不漪，槁木无阴"，湍急的流水没有沦漪，枯槁的树木没有荫凉，此处既是一个隐句,又是一个秀句。

"秀"同样也有两层含义。第一层指篇中的秀出之句,可以称之为诗眼、佳句、热词、警策,也可以叫"惊人语"(杜甫所谓"语不惊人死不休"),还可称为绝响。这一层含义来自陆机《文赋》"立片言以居要,乃一篇之警策",即把片言放在显要的位置,作为一篇文章的警策之句,文章没有警策之句不足以传世。对于文章中的警策,陆机还有一个比喻:"石蕴玉而山辉,水怀珠而川媚。"秀句之于文章,如同山中因为有玉才发出光辉,河中因为有珠才有妩媚之质感。

第二层含义,"秀"是文章的表现手法,与含蓄相对。"状溢目前""状物之切""状难写之景如在目前",是很显附的一种手法。怎样才能达到"秀"呢?刘勰讲:"状物之切,首在善感。"即要善于找到自然万物的独特之处,才能够把事物表达得很贴切。《物色》篇有言:

> 是以献岁发春[①],悦豫之情畅;滔滔孟[②]夏,郁陶[③]之心凝。天高气清,阴沉[④]之志远;霰雪无垠[⑤],矜肃[⑥]之虑

---

① 献岁:新的一年。献:进。发春:春气发扬。
② 滔滔:阳气盛发的样子。孟:始。
③ 郁陶:忧闷。
④ 阴沉:深沉。阴、沉,都是深。
⑤ 霰(xiàn):雪珠。垠(yín):边界。
⑥ 矜(jīn)肃:严肃。矜:庄,敬。

深。岁有其物，物有其容；情以物迁，辞以情发。一叶且或迎意，虫声有足引心。况清风与明月同夜，白日与春林共朝哉！

此处写春夏秋冬四季景色，是很明显的秀句，是刘勰对外物独到的体会和感悟；再如刘勰写自然物对人的感召，也是从最小的事物（如蚂蚁、萤火虫）讲起，以小见大。

秀句还讲求自然。刘勰认为"雕削取巧，虽美非秀"，即太过于雕琢的句子，虽然很工巧，但不是秀句。许多秀句是自然而然写出来的，特别是《文心雕龙》中的秀句。例如《序志》篇中"文果载心，余心有寄"，这两句话既不讲对偶，也不讲平仄，更没有典故，却是很自然的秀句；再如《物色》篇中"情往似赠，兴来如答"，同样也很自然，不涉及典故，却涵盖刘勰很重要的观点——"心物赠答论"。包括刘勰对秀句的要求，其本身也是一个秀句："故自然会妙，譬卉木之耀英华；润色取美，譬缯帛之染朱绿。"比兴和隐秀是刘勰讨论文学理论的重要方式。

再回到本章的标题"《丽辞》雅美"，《文心雕龙》作为一部骈文著作，采用富有形式美的文学话语方式言说文学理论。理解《文心雕龙》的话语方式，需要把握两个方面：一是结合以对句、比兴和隐秀等为代表的话语方式，解读其中蕴含的文学性；二是从《丽辞》《比兴》《隐秀》等篇中分析《文心雕龙》的创作方式和话语行为，学习刘勰的创作论以及写作技巧。

第八章
振叶寻根

本章标题出自《文心雕龙·序志》的"振叶以寻根,观澜而索源"。在《序志》篇的语境中,刘勰用这句话批评前代文论家,认为早于他的桓谭、刘桢、应贞、陆云等人,尽管有独到的见解,但并没有像从枝叶探寻树根、由波浪追索水源那样,深入发掘文学的本原。既然刘勰以未能"振叶以寻根"批评前人,那么他自己应当注意践行这种方法。"振叶寻根"是一种"向后看"的思维,其目的在于追寻某种文学现象的缘起和发生。本章将从本体论、风格论、文体论三个角度介绍《文心雕龙》的溯源思维。

一、人文之元

先看《原道》篇的文学本体论溯源:

第八章 | 振叶寻根

人文之元，肇^①自太极，幽赞神明，《易》象惟先。庖牺^②画其始，仲尼翼其终^③。而《乾》《坤》两位，独制《文言》^④。言之文也，天地之心哉！若乃《河图》孕乎八卦，《洛书》韫乎九畴^⑤，玉版金镂之实，丹文绿牒之华，谁其尸^⑥之？亦神理而已。

刘勰怎样"溯"中华文化之"源"？又将中华文化"溯"到哪里呢？"庖牺画其始，仲尼翼其终。"这高度概括的短短十个字，堪称一部中华文明的上古史，从文字初创讲到礼乐文明。"人文之元，肇自太极。"刘勰指出，"人文"的源头不是文字本身，而是神秘、抽象、形而上的"太极"。我们知道，原始人类思维从具象到抽象发展，相应地，文字也经历了一个从图案到不断符号化的过程。"河图洛书"的传说，就是文字演化历史的诗性叙述：

---

① 肇：开始。
② 庖牺：伏羲。
③ 相传孔子为了阐释《易经》，曾写了《彖辞》上下、《象辞》上下、《系辞》上下、《文言》、《说卦》、《序卦》和《杂卦》共十篇文章，称为"十翼"。
④ 《文言》：专门解释《周易》的《乾卦》《坤卦》两篇。
⑤ 《河图》：传说古时黄河浮出龙马，伏羲依据它身上的图案制作了八卦。《洛书》：传说洛河浮出一只神龟，大禹根据它背上的花纹，写出了《尚书·洪范》，其中有九条治理国家的基本原则，被称为"洪范九畴"。
⑥ 尸：做主。

自鸟迹代绳，文字始炳，炎皞①遗事，纪在《三坟》②，而年世渺邈，声采靡追。唐虞③文章，则焕乎始盛。元首载歌④，既发吟咏之志；益稷陈谟⑤，亦垂敷奏之风。夏后氏兴，业峻鸿绩⑥，九序⑦惟歌，勋德弥缛⑧。逮及商周，文胜其质，《雅》《颂》所被，英华日新。文王患忧，繇辞炳曜⑨，符采复隐⑩，精义坚深。重以公旦多材，振其徽烈，剬诗缉颂，斧藻群言⑪。至若夫子继圣，独秀前哲，熔钧⑫六经，必金声而玉振；雕琢性情，组织辞令，木铎⑬启而千里应，席珍流而万世响，写天地之辉光，晓生民之耳目矣。

---

① 炎：炎帝。皞：伏羲，他的帝号是太皞氏。
② 《三坟》：传说中记载上古帝王事迹的典籍，今不存。
③ 唐虞：尧舜时代。
④ 《尚书》的《虞书·益稷》记载舜帝作歌："股肱喜哉！元首起哉！百工熙哉！"
⑤ 益稷：都是舜的臣子。谟：本义是计议谋划，引申为先秦时期臣子向君主进言的一种公文体制。
⑥ 业、绩：都指的是功业。峻：高。鸿：大。
⑦ 九序：治理天下的各项工作。
⑧ 勋德：功德。缛：繁盛。
⑨ 指的是"文王拘而演《周易》"的典故。繇（zhòu）辞：即周文王写的卦辞、爻辞。炳曜：发出光彩。
⑩ 符采：玉的横纹，比喻文采。复隐：含蓄。
⑪ 公旦：周公，姓姬名旦。传说周公多才多艺，自己写了《诗经》中的一些篇章，并且对《周颂》做了整理和润色。徽烈：美好的功业。剬（zhì）：即"制"，有创作的意思。缉（jí）：即"辑"。斧藻：斧削藻饰，意为修改加工。
⑫ 熔：铸器的模子。钧：造瓦的转轮。
⑬ 木铎：宣扬文教时摇动的工具。铎：大铃。

第八章 | 振叶寻根

刘勰讲上古文明是从"鸟迹代绳"开始的。"绳"是结绳记事,"鸟迹"是仓颉造字。《说文解字》里说,仓颉是黄帝的史官,依据鸟兽的足迹创造了文字,结束了结绳记事的时代,我们的文明史也就从此开始了。"炎皞遗事,纪在《三坟》",说的是神农氏和伏羲氏时代的事迹,都记载在《三坟》里。"唐虞文章,则焕乎始盛",即尧、舜的事业很辉煌。"元首载歌,既发吟咏之志",讲的是舜帝用诗歌来言志。"益稷陈谟,亦垂敷奏之风",其中的伯益和后稷是舜帝的两个臣子。据传,伯益是玄鸟(燕子)的后代,能够驯服鸟兽;后稷擅长农业技术,后来成为周人的祖先。伯益和后稷作为臣子,用诗歌来为皇帝献策。到了夏禹,因其治下井然有序,故有诗歌来歌颂他的功绩。再到商周时期的帝王,他们是孔子非常看重的文化先锋,主要功业是作《易》和《诗》。比如文王作卦辞和爻辞,将八卦推衍为六十四卦,用来解释《周易》,使其深刻的含义变得易懂。文王去世后,武王姬发继位翦商,武王的兄弟周公旦辅佐侄子成王,平定了商朝残部的反攻,并完成了周朝的礼乐制度建设。

我们现在看到的"五经"文本,最早的汇编者就是周公。周公文化建设中的一项重要工作,就是整理《诗》,他把《雅》《颂》中周族的史诗、颂歌编纂结集,用作周朝贵族子弟的教材。据传,周公还亲自写作了《国风》中的某些诗篇,比如《豳风·东山》。可以说,周公为《诗经》,乃至"六经"的成书都做出了不可磨灭的贡献。孔子以周公为自己的精神导师,继承前人事业,又有自己的创造和超越,所以能够"独秀"。孔子超过前代圣贤的地方就是整理"六经"。

章学诚在《文史通义》中认为，所谓的"六经"在春秋之前就是圣人设计的典章政教，用来纲纪宇宙，切于民用，上至天子下至平民都生活在典章政教之中。春秋时代"礼崩乐坏"，孔子精选周公典章中关于宇宙、政令、文艺、礼仪、历史等文献，汇编成了"六经"文本，但此时这些文本仍未被称作"经"。直到战国时期，孔子门下的弟子"儒分为八"，儒家之外，道、墨、法、名诸子蜂起。为了区分当世的文献，孔门弟子把孔子"述而不作"留下的文本称为"经"，把前代流传的经典逸文或孔门弟子的记录称为"传"，"六经"概念至此才真正形成。刘勰评价孔子"木铎启而千里应，席珍流而万世响"，孔子整理"六经"的功绩，当得起这样的美誉。

从结绳记事一直到孔子整理"六经"，刘勰叙述这一段历史的用意何在呢？他是要解决以下两个问题：第一，我们所讲的"文"和"文学"的本质特征究竟是什么？这个需要首先明确。第二，"文"的源头到底在哪里？这需要寻根索源。刘勰给出的答案虽然不尽相同，但"文"的本质和起源却是统一的。这里实际上包含两种解释：第一种是先有"太极"或曰"气""道""无"等等，然后才有老子讲的"道生一，一生二"。在这里，"二"就是两仪，"两仪"就是天地、阴阳等；刘勰认为，有了天地之后，在天地之间的就是人，有了人之后，就有语言，也就是文，文学就此产生了。第二种解释是从形而上的层面，把顺序反过来：人先看到了万物，才"仰观""俯察""远取诸物，近取诸身"。正是人先看到了自然万物、山川草木、风雨雷电等，再去推论，万物是由四象构成的，四象是由两仪构成的，两仪是由太极构成的。也就是说，从文明发展的角度来看，是先有太极后有万物；而如果从观念产生的角度来看，是先有万物后有太极。不管是正向还是逆向，刘勰得出的结论是文学的本原归于太极。前面讲过，刘勰用"自然之道"来作文学的本体论。不管怎么样来解释"道"，文学都是"道"的自然显现；所以刘勰要"原道"，从起源与本体两个方面来解释文学本体。这是我们讲的第一层意思。

二、会通适变

再看《通变》篇的风格论溯源。"会通适变"，用刘勰的话来说就是"设文之体有常，变文之数无方"。在文学史的通变中，哪些是永恒不变的，哪些是经常变化的，构成变与不变之间的关系。"望今制奇，参古定法"集中讨论了古今问题，也就是文学的革新；而最后的"文律运周，日新其业"是讲如何通变，亦即通变之方。

> 夫青生于蓝，绛生于蒨①，虽逾本色，不能复化。桓君山云："予见新进丽文，美而无采；及见刘扬言辞，常辄有

---

① 绛：紫红色。蒨：茜草。

得。"① 此其验也。故练青濯绛,必归蓝蒨;矫讹②翻浅,还宗经诰。斯斟酌乎质文之间,而隐括③乎雅俗之际,可与言通变矣。

青色是从蓝草里提取的,赤色是从茜草里提炼出来的。荀子《劝学》篇里就提到过,"青,取之于蓝,而青于蓝"。在荀子看来,青来源于蓝但是比蓝更青,颜色要更深一些。但是在刘勰这里,意思有所改变:"虽逾本色,不能复化。"虽然青和绛在色彩上超过原来的蓝草和茜草,但是它们再也不能变回去了。当然,这只是一个比喻,表示文学还是要回归经典,如果想要改变、纠正浅陋的文风,就必须依据经典来改造文学的失误、纠正讹浅的毛病。从追根溯源的角度来讲,刘勰实际上持有经典中心倾向,对《离骚》之后各朝代文学的评价大多是持贬抑和批评的态度。但是,我们不能把刘勰想象成"作文害道"的道学先生,或者"文必秦汉,诗必盛唐"那样亦步亦趋的复古主义者,因为他对古代经典文学的推崇,恰恰是因为古代经典具有"变"的品质,能够不断在前代的积累上创新和变异。相较而言,近代文学丧失了"变"的创新性,只是在经典的阴影下徘徊。

---

① 桓君山:东汉学者桓谭,著有《新论》。以下所引文句不见于现存版本。刘扬:西汉学者刘向、扬雄。
② 矫:纠正。讹:错误。
③ 隐括:矫正曲木的器具,这里指纠正偏向。

第八章 | 振叶寻根

是以九代咏歌，志合文则。黄歌"断竹"，质之至也；唐歌《在昔》，则广于黄世；虞歌《卿云》，则文于唐时；夏歌"雕墙"，缛于虞代；商周篇什，丽于夏年。至于序志述时，其揆①一也。暨楚之骚文，矩式②周人；汉之赋颂，影写楚世；魏之篇制，顾慕③汉风；晋之辞章，瞻望魏采。榷④而论之，则黄唐淳而质，虞夏质而辨，商周丽而雅，楚汉侈而艳，魏晋浅而绮，宋初讹而新。从质及讹，弥近弥淡，何则？竞今疏古，风昧气衰也。

在谈九代文变时，刘勰分为两大块：一个是前六代，一个是后三代。前六代是黄帝、唐尧、虞舜、夏禹、商汤、殷周。后三代是汉、魏、晋（包含宋初）。为什么要这样分呢？因为刘勰认为前六代是偏于变的，值得肯定。刘勰对前六代文学有褒奖之意，评语有褒扬之意，认为后代胜于前代。"唐歌《在昔》，则广于黄世"，刘勰用了"广"字，是说尧舜时代的诗歌比黄帝时期的诗歌更加扩大、更加发展，这实际上是一种进步和扩充。后面都可以作如是观。"虞歌《卿云》，则文于唐时；夏歌'雕墙'，缛于虞代；商周篇什，丽于夏年。"刘勰谈后世文学的发展，所用的五个形容词都有褒奖之意。刘勰还谈到了商周篇什，因为宗

---

① 揆：道理。
② 矩（jǔ）式：模仿、学习。
③ 顾慕：欣羡，追慕。
④ 榷（què）：商讨。

经，刘勰对《诗经》非常推崇，因此这里的"丽"不是贬义而应是褒义。

那么，后三代就不一样了，失去了"变"的意识，通而不变。刘勰所用之词稍含贬义，如"汉之赋颂，影写楚世"。过去学习写字，把字帖放在下面，上面铺上透明的纸来描红。这是机械的模拟，是影写，毫无创造性，跟现在复印差不多。魏代文学"顾慕汉风"，"晋之辞章，瞻望魏采"，晋后面是宋，宋后面是刘勰所在的齐，《通变》篇没有提及。刘勰显然是把自己放在一个很低的位置，对前代是向上看的。刘勰的判断是，从黄歌一直到宋初的文学演变史，实际上是一段退化的历史，一言以蔽之："从质及讹，弥近弥淡。"作品从质朴到讹谈，随着时代推移，越到近代就越没有味道。

从楚汉到魏晋再到刘宋，每一时代的文学，都必须同时面对两种文学传统：一种是始于"黄世"，达于《诗经》的经典传统，相当于各代文学的"远祖"；一种是前代文学的传统，算是当代文学的"父亲"。竞相地模仿"父亲"而故意地疏远"远祖"，却不知"父亲"也要向"远祖"师法，这样就难免"风昧气衰"，因远离经典而产生近变。经典是什么样的呢？就是质朴，就是《明诗》篇倡导的"辞达而已"。那么近变是什么呢？就是"当今"的文学过于讲究文采的雕琢。

其实刘勰并没有走到极端，也不是完全不讲辞章。和刘勰同时代的文论家钟嵘著有《诗品》，号称"百代诗话之祖"，与《文心》并称双璧。钟嵘诗学观点的核心是"直寻"，他激烈地反对当时流行的声律、用典等修辞手段，推崇"高树多悲风""明月照积雪""池塘生春草"之类不事雕缛、清新质朴的诗风。在这点上，刘勰不同于钟嵘。"《丽辞》雅美"一章曾谈到刘勰的话语方式，刘勰论说中存在大量骈俪、用典、韵律等修辞技巧，也乐于探讨修辞手法。一部《文心雕龙》，从《练字》《章句》到《附会》《熔裁》，从字到句，从句到篇，刘勰从技巧层面，专门讲授文章写作的修辞理论，讲得详细且富有层次。所以，刘勰并不反对文学修辞技艺上的革新，而是反对将修辞技艺降格为单纯的技术，担心南齐文坛在探讨技艺的同时遗忘了文学"辞达而已"的传统。

其实，中国当代文学同样面临刘勰所针砭的境况。21世纪已经进入第三个十年，但"21世纪中国文学"的概念还立足未稳，同时面临许多个传统的纠缠：自先秦到晚清的"中国古代文学"传统，自"五四"到1949年的"中国现代文学"传统，自荷马史诗到后现代主义的"西方文学"传统，从苏俄文学到"十七年文学"的红色传统，以及20世纪80年代以来的"新时期文学"传统。如果往下细分，还有诸如现代文学中的京派、新感觉派、七月派等等，全都有彼此迥异的传统。鲁迅说："背着因袭的重担，肩住了黑暗的闸门。"丰富的文学传统是当代文学的幸事，同样也是当代文学的负担。所以问题在于，我们的"经典"是什么？我们的"前代"有谁？也许去规定什么是"经典""模范"没有意义，并且违反了文学发展的规律。因为经典之所以成为经典，正是在于它敢于叛逆经典——如果我们在刘勰的通变论的基础上加以阐发,就会得出这样一个绕口的结论。中国自20世纪80年代以来的乡土小说可以千万计,大多是在拉美魔幻现实主义和"十七年文学"两个传统之间彷徨,而莫言之所以能获得诺贝尔文学奖,不在于多么完美地复刻了马尔克斯、福克纳,更不在于对柳青、周立波有什么模仿,而是因为他创造了异于前人的一种瑰丽奇绝的艺术世界,在于他摹写了"高密东北乡"中的深层文化逻辑和精神密码。

在中、西、古、今四个维度相交叉的坐标系上,我们需要面对的问题比刘勰所面对的线性文学发展史更加复杂。我们似乎可以更深刻地理解刘勰在"文"和"质"、"通"和"变"之间的"唯务折衷":"通变"不是和稀泥,而是自有其理论建设的逻辑。

三、酌雅富言

最后来看文体的溯源。本节标题来自《文心雕龙·宗经》里的一句话:"若禀经以制式,酌雅以富言,是即山而铸铜,煮海而为盐也。"铜和盐是从矿山和海水里提炼出来的,后代文章的文体也是从经典中生发出来的。经典是制定文章体式的根本,是参酌丰富语言的依托,是后世文艺取之不尽用之不竭的资源宝库。所以,刘勰用"即山而铸铜,煮海而为盐也"的比喻,说明要根据经书来制定文章的法式,来丰富文章的语言。我们将从体式、体裁和分体文学史三部分来看刘勰对文体的溯源。

先看体式的溯源。刘勰文体溯源论的要求是"宗经"。刘勰把文体的"宗经"总结为"六义"说:"故文能宗经,体有六义。一则情深而不诡,二则风清而不杂,三则事信而不诞,四则义贞而不回,五则体约而不芜,六则文丽而不淫。"刘勰用"A而不B"的形式提出感情要深厚、风格倾向要纯正、文体要简约等文体规范。如果学习了经典,就能达到A,不宗经就是B,而若要避免走向B,就必须要向经典学习。这一点比较容易理解,故不赘述。

再看体裁的溯源。刘勰提出"设文之体有常,变文之数无方"的命题。《通变》篇比较集中地讲文体史的继承与革新,一上来就讲到"有常"和"无方"的对立统一:

> 夫设文之体有常,变文之数无方,何以明其然耶?凡诗赋书记①,名理相因,此有常之体也;文辞气力,通变则久,此无方之数也。名理有常,体必资②于故实;通变无方,数必酌于新声;故能骋无穷之路,饮不竭之源。然绠短者衔渴③,足疲者辍涂④,非文理之数尽,乃通变之术疏耳。故论文之方,譬诸草木,根干丽⑤土而同性,臭味晞⑥阳而异品矣。

---

① 书记:两种文体名。书:书札、信函。记:指下对上的奏记、笺记。
② 资:凭借。
③ 绠(gěng):汲水用的绳子。衔渴:即口渴。衔:含在口中。
④ 辍(chuò):停止。涂:路途。
⑤ 丽:附着、附丽。
⑥ 臭味:指气类相同。晞(xī):晒。

所谓"常"就是恒常、经常、不变的一面,所谓"方"就是方法。实际上这种方法没有一个统一的中心,没有一个一成不变的方法,而是处于不断变化之中;所以"无方"是讲变化,"有常"是讲恒久,当然前边还要有限定。什么东西是有常的呢?那就是文体。刘勰在后面举例:诗赋书记。这看着好像是四种文体,实则不然,应该理解成从诗赋到书记,这就把《文心雕龙》的全部文体概括了。因为文体论从《明诗》《诠赋》开始,到《书记》结束,诗对应《明诗》,赋对应《诠赋》,书、记则对应第二十五篇《书记》。

从"名理相因""体资故实"中,我们可以找到刘勰文体论的四种原则。"名"是"释名以章义",这是关于文体的定义,是第一个原则。"理"是文体论的敷理与举统,是第二个原则。前两个原则,"名"和"理"是不变的。"相因"是文体论的原始和表末,是第三个原则。"因"是相因习、相继承,"相因"意为前后相连、前后相续。最后一个原则体现在"名理有常,体必资于故实"之中。"资"是凭借之意,"故实"是过去的文学作品,所以"体必资于故实"意为文体在发展中是比较稳固的。

刘勰为了说明文体的有常,用了一个很好的比喻:"根干丽土而同性。""丽"是附丽,树木的根干附丽在土地上,根和干都长在土地里,所以它们是同性的,而这里的土地就是文化之根。一方面是"文体有常",另一方面是"文数无方"。这里的"数"即"文辞气力",包括文字、辞采和才气。同样是五言诗,东汉五言、建安五言、正始五言、西晋五言、东晋南朝五言各不一样；同样是东晋诗歌，游仙诗、玄言诗、田园诗各不一样；同样是田园诗，陶和谢也不同。为什么？文辞气力各不相同。正因为文辞气力不一样，所以一定要通晓变化，只有通晓变化，文气才能恒久。所以说"通变"不是一种并列关系，而是一个动宾词组。刘勰强调的是变，唯有通晓变化才能长久。另外，文学作品的生命力在于个性，这种个性因人而异，因时代、流派而异。这里的"异"意味着变化，在写诗之前要知道，所创作的诗体在前代有哪些特色，知晓清楚才能有所变化。因为通变无方，所以必须斟酌新声。如果说"文体"要凭借"故实"，面向过去，回到传统，那么"文数"就是要面向当下，斟酌新声，这是"变"。

刘勰用了另一个比喻来说明"文数无方"："臭味晞阳而异品矣。"这个比喻和前面"根干丽土"的比喻是连贯的。作品如同草木，根干生长在泥土中，本性相同；但开出的花朵各有香味，因为受到的阳光雨露有所不同。这里是一个整体性的比喻：植物的主干附丽在广袤的大地上，它们的性质相同，但花朵因承受的阳光雨露不同，其味道各不相同。以上是刘勰用同一比喻的两个方面来讲"有常之体"和"无方之数"的区别。

骈文的话语技巧有一个好处，即先说 A 再说 B。先说一方面，再说另一方面，然后再把两方面综合，唯务折衷。刘勰讲善于通变，就要"骋无穷之路，饮不竭之源"。所谓"骋无穷之路"，意为在没有穷尽的道路上驰骋，这是朝向未来的，强调变的一面。前面已经讲过，变是酌于新声，朝向未来。那么"饮不竭之源"呢？意为饮用永不枯竭的源泉，而源泉面向过去传统，把传统作为用之不竭的资源。这讲的是通和变两个方面。如果不善于通变，会怎么样呢？刘勰又用了一个比喻从反面来讲："足疲者辍涂。"所谓"足疲者"是说脚力不够，因脚力不够就会停下来，半途而废，缺少进取精神。另外，如果不面向传统，便会面临另一种情况："绠短者衔渴。""绠"是汲水绳，井很深，绳子很短，水桶放不下去，打不到水，因此就会口渴。因为绳子太短，面对清冽可口的井水却得不到。这样，刘勰用精妙的比喻将两者联系在一起解释。

关于通变之术，刘勰讲："文理之数尽，乃通变之术疏耳。""文理之数"是书写的方法、技巧、文辞气力。不是书写的文辞气力不行，而是不通晓变化，缺乏通变之术，这里就讲了通变之术的重要性。总括起来说：若不会变，就走不远；若不会通，就找不到资源。而这两方面又互为因果，若找不到资源就会走不远。我们现在讲中国古代文论的现代转换，其中一个重要点就要立足于本土资源，若不如此就只能跟在西方人后面邯郸学步。

最后看分体文学史的溯源。刘勰考察任何一类文体时，都是从最初萌芽讲起。从第六篇《明诗》到第二十五篇《书记》一共二十篇"论文叙笔"，其实也可以视为二十部分体文学史。例如《明诗》就是一部中国古代诗歌史，当然这里的"古代"是相对刘勰所处的南齐而言，从《诗经》一直回溯到刘宋时期。同样地，《乐府》是中国乐府史，《诠赋》是中国赋史，颂、赞、哀、吊等文体莫不如此。既然是分体文学史，就要从该文体的滥觞处说起，一直梳理到当下。下面以《明诗》和《诠赋》两篇为例。

刘勰在《明诗》篇中，给诗下了定义："诗者，持也，持人情性。"在此基础上，刘勰追溯了中国古典诗歌的起源：

> 昔葛天乐辞，《玄鸟》①在曲；黄帝《云门》②，理不空弦。至尧有《大唐》③之歌，舜造《南风》④之诗，观其二文，辞达而已。及大禹成功，九序惟歌⑤；太康败德，五子咸怨⑥：顺美匡恶，其来久矣。自商暨周，《雅》《颂》圆备⑦，四始彪炳，六义环深⑧。子夏监绚素之章，子贡悟琢磨之句，故商赐⑨二子，可与言诗。自王泽殄竭⑩，风人辍⑪采，春秋观志，讽诵旧章，酬酢⑫以为宾荣，吐纳而成身文⑬。逮楚国讽怨，则

---

① 《玄鸟》：《吕氏春秋·古乐》中说，葛天氏之时，曾有人唱八首歌，《玄鸟》是其中第二首。
② 《云门》：《周礼·春官·大司乐》谓周代曾用《云门舞》来教贵族子弟，汉代郑玄注认为《云门舞》是黄帝时的舞乐。
③ 《大唐》：传说是尧时期的古乐。
④ 《南风》：传说是舜时期的古乐。
⑤ 九序惟歌：治理天下的九种功业皆有次序，也皆有颂歌。
⑥ 五子咸怨：《五子之歌》。
⑦ 圆备：完备。
⑧ 环深：周密而深厚。
⑨ 商赐：子夏本名卜商，子贡本名端木赐。
⑩ 殄竭：尽。
⑪ 辍：停止。
⑫ 酬酢：礼节应对。
⑬ 吐纳：发言。身文：自身的才华。

《离骚》为刺。秦皇灭典，亦造《仙诗》。

刘勰把诗歌的起源追溯到葛天氏时的《玄鸟》和黄帝时的《云门》。按照常理，中国在上古时代诗、乐、舞三位一体，有音乐就会有歌词，也就是早期的诗歌。尧舜时代的《大唐》和《南风》文辞质朴简洁，就像孔子所说的"辞达而已"。夏禹各方面的功绩都有颂歌，而太康失国之后也有讽谏式的《五子之歌》，这就是"顺美匡恶，其来久矣"。到后来的《诗经》，也有"美"和"刺"两种倾向。"自商暨周，《雅》《颂》圆备，四始彪炳，六义环深。"商周《诗经》的风、雅、颂体制都完备了，只是文本还未正式定型；到了春秋战国，《诗》发挥断章取义、赋诗言志的重要功能。"子夏监绚素之章，子贡悟琢磨之句"用了《论语》中的两个典故：

> 子夏问曰："'巧笑倩兮，美目盼兮，素以为绚兮。'何谓也？"子曰："绘事后素。"曰："礼后乎？"子曰："起予者商也，始可与言《诗》已矣。"（《论语·八佾》）

> 子贡曰："贫而无谄，富而无骄，何如？"子曰："可也。未若贫而乐，富而好礼者也。"子贡曰："《诗》云'如切如磋，如琢如磨'，其斯之谓与？"子曰："赐也！始可与言《诗》已矣，告诸往而知来者。"（《论语·学而》）

"绚素之章"出自《论语·八佾》。子夏问孔子《诗经·卫风·硕人》中的诗句"巧笑倩兮,美目盼兮,素以为绚兮"[①]是什么意思,孔子回答"绘事后素",意思是先有白底才能画画。子夏接着问:"礼后乎?"也就是要先具备内心的道德意志,才能有行为上的礼节仪式。孔子便赞许他"始可与言《诗》已矣"。"琢磨之句"出自《论语·学而》,子贡和孔子探讨贫与富时所应采取的人生态度,用"如切如磋,如琢如磨"比喻人在贫穷或富裕时修炼内心的历程。孔子夸赞子贡能够从已经说过的话中领略未说明的意思,可以举一反三。

这两个典故和《明诗》有什么关系呢?"子夏监绚素之章,子贡悟琢磨之句"虽然讲得不是诗歌创作,却涉及诗歌作为一种语言的功用。春秋时代,士大夫之间的交流借助"赋诗言志"的形式,也就是引用《诗经》中的句子,利用引申义来表达自己的意志。虽然因为战乱,周王朝派采诗官到处采集民歌,进而加工为《国风》的机制已无法运行,但留存下来的诗篇却因为外交场合的运用而愈发重要。

《明诗》篇末"赞曰":"兴发皇世,风流《二南》。神理共契,政序相参。""神理"与"政序",正是刘勰梳理诗歌文体得出的两个关键词。

再来看《诠赋》:

[①] "素以为绚兮"是一句逸诗,不见于今日通行的《诗经》版本。

《诗》有六义,其二曰赋。赋者,铺也,铺采摛①文,体物写志也。昔邵公②称:"公卿献诗,师箴瞍赋③。"传云:"登高能赋,可为大夫。"诗序则同义,传说则异体。总其归途,实相枝干。故刘向明"不歌而颂",班固称"古诗之流也"。至如郑庄之赋《大隧》,士蒍之赋《狐裘》,结言揑④韵,词自己作,虽合赋体,明而未融⑤。及灵均唱《骚》,始广声貌。然则赋也者,受命于诗人,而拓宇于《楚辞》也。于是荀况⑥《礼》《智》,宋玉《风》《钓》⑦,爰锡名号,与诗画境,六义附庸,蔚成大国。遂述客主以首引,极声貌以穷文。斯盖别诗之原始,命赋之厥初也。

《诠赋》讨论的是中国文学史上的赋,这也是今人比较难以把握的一种文体,因为按照西方诗歌、小说、散文、戏剧的文学四分法,无法确定赋究竟是诗歌还是散文。《诠赋》将其起源追溯到

---

① 摛(chī):发。
② 邵公:即召公,姓姬名奭(shì),周初封于召(今陕西岐山县西南),故称召公。
③ 师箴(zhēn)瞍(sǒu)赋:一作"师箴赋",据《国语·周语上》原文是"师箴瞍赋"。师:少师,是主管教化的官。箴:对人进行教训的话或作品。瞍:眼睛没有眼珠的人,不能做别的事,专管朗诵。
④ 揑(duǎn):即"短"。
⑤ 明而未融:日初有光,尚未普照,借以比喻赋的发展尚未成熟。融:朗,大明。
⑥ 荀况:即荀子,著有《荀子》,其中《赋篇》分《礼》《智》《云》《蚕》《箴》五个部分。
⑦ 《风》《钓》:《文选》卷十三、卷十九载宋玉《风赋》等四篇,《古文苑》卷二载宋玉的《钓赋》等六篇。近代学者认为其中大部分是后人伪托所作。

《诗经》六义中的赋法。朱熹说:"赋者敷也,敷陈其事而直言之者也。""赋"是《诗经》最基本的表现手法之一。《国语》载"登高能赋",我们可以据此想象赋起源的场景:先民中的"大夫",也就是贵族,登上视野开阔的高山或者楼阁,可以见到森林、田亩、宫室、牲畜、农奴等等,将所见到的人、事、物记下,就是赋。赋经过春秋时期的发展,到战国逐渐稳固成为一种文体,也就是楚辞。屈原和宋玉的作品,确立了主客问答、摹写声貌、藻饰辞采等主要的文体规范,从而为汉赋的生成做好了准备。

> 原夫登高之旨,盖睹物兴情。情以物兴,故义必明雅;物以情观,故词必巧丽。丽词雅义,符采相胜,如组织之品朱紫,画绘之著玄黄。文虽新而有质,色虽糅①而有本,此立赋之大体也。

刘勰对赋体的审美标准判定,以"登高之旨"为原初境况,并论及楚辞"巧丽"的美学特质。我们可以通过物与情、文与质、丽词与雅义等对立的概念来把握赋体。从自身历史推源溯流,要比生搬硬套西方的文体论,更有利于认识中国文体的特征及其流变。

综上,本章探讨了《文心雕龙》的溯源思维。在文学本体方

---

① 糅:错综复杂。

面，刘勰认为文学的本原是神秘莫测的太极，太极展现为"自然之道"，经由人类的观察而孕育出"人之文"。在文学风格方面，刘勰认为风格应该在"古"与"今"之间达到"通变"，尤其是需要有"变"的品质。在文体方面，刘勰认为文章要"宗经"，并在文章体裁之"常"的限定下，展开文章修辞之"术"的变化，具体到每一种文体，则需要探求其发展的历史，从文体的源头来获取该文体的文学标准。

第九章
唯务折衷

本章分析《文心雕龙》的折衷思维。"唯务折衷"这四个字，讲起来容易，做起来难。其实不必说做起来，连写对这四个字都不是一件容易的事，我们经常能见到"唯物折中"的错误写法。"唯务"者，不是"唯物主义"的"唯物"。"务"可以解释为"致力于"，或者"必须"，和"物"没有关系。"折衷"与"折中"现在已经长期混用，但"衷"是"内心"的意思，"中"是"中间"的意思。"折衷"还是"折中"，两者在面对文学现象、文学概念的矛盾时，存在是否取其"中间"之别。所以，写成"唯物折中"，表面上看是写了错别字，实际上是对这个概念没有充分的认识把握。为了尊重刘勰原意，也为了正确地理解这个概念，我们还是写"唯务折衷"为宜。

一、中 庸 至 法

讲"唯务折衷"，首先要从儒家的"中庸"观入手。本节的标题"中庸至法"来自《论语·雍也》：

中庸之为德也，其至矣乎！民鲜久也。

这句话原意是说，"中庸"作为道德是最高的典范，老百姓缺少它已经有很长时间了。今天有人有意或无意地曲解孔子原意，把"中庸"当成庸俗辩证法，认为把车轱辘话来回说，像墙头草那样两边倒就是"中庸"，实则大谬。孔子将人格分为四个等级：中庸、君子、狂狷、乡愿。对于孔子而言，"中庸"是一种道德人格的最高范式。

所谓"中庸"，程颐解释为"不偏之谓中，不易之谓庸"，也就是既要执中平心，不能有偏颇，又要坚守立场，不能轻易动摇。"中庸"人格是圣人才有的，孔子心目中的圣人是在他之前的尧、舜、禹、商汤、文王、武王和周公等先贤，认为只有这些人才具备了"中庸"的德性。孔子自己更多谈论的是"君子"，也就是第二等级人格的问题，比如"文质彬彬，然后君子""君子之德风""君子和而不同"。

翻开《论语》，处处都是孔子关于如何成为一名"君子"的言行教诲。"君子"之下的第三等级是"狂狷"，"狂狷"是"狂者"和"狷者"的合称。狂者进取，气势猛烈，比如嵇康和李白；狷者无畏，洁身自好，比如庄子和陶渊明。两者都是在无法保持立身之"中"的情况下，退而求其次的选择。[①] 第四种人格是"乡

[①] 《论语·子路》："子曰：'不得中行而与之，必也狂狷乎？狂者进取，狷者有所不为也。'"

愿"。何谓"乡愿"?"乡"是中国古代最基本的行政单位,"乡愿"是被一乡人都称赞的人。这听起来似乎是"众望所归",但正常情况下,一个人立身处世必然有自己的立场和利益,必然会同他人产生矛盾冲突。一个人只要有所作为,怎么可能不得罪人呢?之所以能被所有人称赞,有两种可能:其一,此人无所谓是非善恶,是一个浑浑噩噩、不辨黑白的老好人;其二,此人大奸似忠,是一个善于饰伪、八面玲珑的野心家。因此孔子说:"乡愿,德之贼也。""乡愿"之人就像"贼"一样。今天人们把"中庸"当作墙头草,认为"中庸"就是不讲原则,不论是非,做老好人,对谁都不好不坏,这其实不是"中庸",而是"乡愿"。持此观点者,有些是没读过《论语》原文,对"中庸"一词望文生义;另有一些则是自己要做"乡愿",却乔装打扮成"中庸"。在孔子心目中,"中庸"是人格的最高典范。但这恐怕只是人格的乌托邦,孔子自己都无法企及,称"中庸"是"圣人"的品质,那更何况我们一般人呢?

除了"中庸"这个概念,还有一本书的题名就是《中庸》。《中庸》原是《礼记》第三十一篇,据说是孔子嫡孙子思所作。书中认为"中庸"是道德的最高标准,"至诚"是人生的至高境界,后学必须通过博学、审问、慎思、明辨、笃行等实践方法来通向"中庸"。北宋时期,著名的"二程"(程颐、程颢兄弟),对《中庸》做了注疏。南宋朱熹编纂"四书",包括两本原有的独立著作《论语》《孟子》,和两本从《礼记》抽出来独立成书的《大学》《中庸》,简称"大中语孟"。明清科举考试以朱熹的《四书章句集注》作为唯一指定教材,《中庸》和《大学》《论语》《孟子》也因此成为五百多年里中国士大夫熟读成诵的基本典籍。就连立身处世更近于"狂狷"形象的李贽,都曾经批点"四书"而著有《四书评注》,大赞圣人在其中寄寓的真意。经过近现代对传统儒家思想的打倒、立起、再打倒、再立起,时至今日,"四书"各自的地位已经发生了变化:《论语》上了百家讲坛,《孟子》经常被选入中学语文课本,《大学》也常现于高等院校的校训之中,只有《中庸》稍显落寞,不为一般大学生所熟知。因此我们在这里略花笔墨,对"中庸"和《中庸》稍做一些介绍。

本节标题把"中庸至德"改为"中庸至法",是基于刘勰《文心雕龙》的思维方式。第一章《青春梦孔》曾言,刘勰是从"文"而非"德"的层面承续儒家的传统,因而《文心雕龙》同样是把儒家元典中道德层面的"中庸"更换为文学层面的"中庸",将道德的准则和人格的法式创造性地演变为文学批评的方法。刘勰在写作《文心雕龙》时,始终把"中庸"作为重要的方法论原则。

刘勰把"中庸"从儒家的道德伦理语境中剥离出来,转化为文学研究的方法,其论见于《序志》篇:

> 夫铨序一文为易,弥纶①群言为难,虽复轻采毛发,深

---

① 弥:弥缝补合。纶:经纶牵引。两字连用有综合组织、整理阐明的意思。

极骨髓，或有曲意密源①，似近而远，辞所不载，亦不可胜数矣。及其品列成文，有同乎旧谈者，非雷同也，势自不可异也；有异乎前论者，非苟异也，理自不可同也。同之与异，不屑②古今，擘肌分理，唯务折衷。按辔文雅之场，环络藻绘之府，亦几乎备矣。但言不尽意，圣人所难，识在瓶管，何能矩矱③。茫茫往代，既沉予闻；眇眇④来世，倘尘⑤彼观也。

《序志》篇中的这段论述涉及同与异、古与今的折衷问题。首先，刘勰在"古"和"今"之间做了一个折衷。第八章《振叶寻根》已指出，刘勰具有推根溯源的"复古"思维。因为有"崇古"倾向，刘勰对三代以上质朴无文的原始文艺持有很高的评价，更是把以"五经"为代表的儒家元典视为一切文学创作的源流和典范。但另一方面，刘勰在批评南朝以来"离本弥甚"的当下文学境况时，又不忘以大量专章（如《丽辞》《声律》《熔裁》等）来探讨新出现的文学技巧。其次，刘勰又在"同"和"异"之间做了一个折衷。刘勰并不排斥在《文心雕龙》的论述中引用、改写前人文论的语句，我们可以在《神思》《知音》《情

---

① 曲意密源：指深微隐曲的道理。曲：曲折隐微。密：深密隐曲。
② 不屑：不顾、不问的意思。
③ 矩矱（yuē）：指文学的法则。矩：匠人的曲尺。矱：度量用的尺子。
④ 眇眇：遥远。
⑤ 倘：或许。尘：污。这是刘勰自谦之词。

采》中发现借鉴《庄子·让王》、曹丕《典论·论文》、陆机《文赋》的痕迹，有些甚至是直接引用原文，但刘勰在继承前人理论中相关概念的同时，又对相互冲突的概念做了辩证的融合，独出己见，革故鼎新。这是接下来两节要详细阐述的内容。

二、古今折衷

鲁迅在《无声的中国》中说："中国人的性情是总喜欢调和、折中的。譬如你说，这屋子太暗，须在这里开一个窗，大家一定不允许的。但如果你主张拆掉屋顶，他们就会来调和，愿意开窗了。"中国近现代的思想界和舆论场，一直以来有两种极端化的倾向：一是复古主义，认为凡是老祖宗的技术、文化、制度，都是无可挑剔的，只是到了今天都失传了，一代不如一代；二是文化虚无主义，认为整个古代的文明都是落伍的，现代的、西化的文明是一切事物的标准。这些极端思想在提出之际，有着振聋发聩、引人警醒的作用，但时过境迁，我们应该重新审视它们的合理与不合理之处。那么怎么办呢？可以看下刘勰在《文心雕龙》中的方法。

刘勰认为，在从事文学研究，品评文学作品时：既有旧调重弹的地方，也就是和前人观点趋于雷同、大同小异，在观点和文辞上很难有超越和突破；也有不一样之处，但这并不是故意标新立异，而是道理本来就与前人有所不同。也就是说，和旧谈前闻或同或异，是事和理的不同使然，需要遵从研究的自然规律。那么什么时候同什么时候异呢？刘勰说："同之与异，不屑古今。"自己观点的"异"与"同"和古今没有关系，不因时代而改变，不必介意这些说法是古人的还是今人的，只要分析文章的组织结构，力求恰当就足够了，即"擘肌分理，唯务折衷"。这里"擘"也可以写成"掰开"的"掰"，就是"剖"的意思；"擘肌分理"就是剖析文理，从各个方面研究文学理论。如果用数学公式来表述的话，折衷就好比面对事物 A 和 B，既不倾向于 A，也不倾向于 B，而是把 A 和 B 糅合在一起形成 AB。新的 AB 既不是 A，也不是 B，甚至也不能简单等同于 A + B 或 A×B，而是超越旧义而生成新的范畴。

因此，刘勰认为剖析文理，唯一要做的就是"折衷"。"按辔文雅之场，环络藻绘之府，亦几乎备矣。"驾驭着骏马在文坛驰骋，掌握"唯务折衷"这种方法就基本上齐备了。可见，刘勰认为"唯务折衷"几乎是能够解决所有问题的有效方法。当然，刘勰还是很谦虚的："但言不尽意，圣人所难，识在瓶管，何能矩矱。茫茫往代，既沉予闻；眇眇来世，倘尘彼观也。"意思是，用瓶子打水，透过管子观天，但瓶子能盛多少水，管子能有多大的视野啊？正如自己的学识浅陋，又怎能成为衡量的标准呢？刘勰自谦说没能讲出创作的标准来，自己尚且沉陷在以往的各种知识里，因而自己的《文心雕龙》也许会迷惑将来人们的眼睛。

结合《文心雕龙·物色》具体来看刘勰的"古今折衷"。龙学是显学，文心是美文，《物色》篇是美文中的美文。将《物色》

篇放到任何一本散文集里，都是一篇非常优美的经典散文。春节前，给别人发微信，如果老是说"新年快乐""春节愉快"之类的祝福语，使用久了就会非常平淡。如果用《物色》篇中的"献岁发春，悦豫之情畅"，效果就完全不一样了。所以，多积累和运用古典诗篇名句是很有必要的。

《物色》篇和"文心"之间究竟是什么关系呢？我们来看《物色》的一段文字：

> 是以献岁发春，悦豫之情畅；滔滔孟夏，郁陶之心凝。天高气清，阴沉之志远；霰雪无垠，矜肃之虑深。岁有其物，物有其容；情以物迁，辞以情发。……是以诗人感物，联类不穷。流连万象①之际，沉吟视听之区。写气图貌，既随物以宛转②；属采附声，亦与心而徘徊。

刘勰讲物色随不同的季节摇曳，春夏秋冬有不同的物色，物色之动就会摇动人心，使人心生感悟。关于这点，前人早已谈过，汉代《礼记·乐记》提出"物感"说，认为乐的本质是人心感于物而动。这种认识并不新鲜，用的是前人说过的话，属于刘勰《文心雕龙·序志》说的"有同乎旧谈者"。此后，刘勰讲到作家内心与创作的关系："写气图貌，既随物以宛转。"刘勰认为

---

① 流连：徘徊不忍离去。万象：各种自然现象。
② 宛转：曲折随顺，指在写作中根据事物的状貌来构思。

描摹外物存在一个"宛转"的问题，那什么东西如此曲折回旋呢？作家的心。"属采附声，亦与心而徘徊。"骈文讲究对偶，"属采附声"，就是运用辞藻和描摹声音，结合前面"既随物以宛转"来看，意思是物随心而徘徊律动。如果刘勰继续"照着说"，就没有什么新意了。在继承前说之后，最好要提出自己的新观点。刘勰的新观点在什么地方呢？在篇末的"赞曰"里：

> 赞曰：山沓水匝，树杂云合。目既往还，心亦吐纳。春日迟迟，秋风飒飒，情往似赠，兴来如答。

写"赞"通常有两种方式，一种是简单地重复前人观点，一种是提出自己独特的见解。"山沓水匝，树杂云合"，简单八个字就构筑出一幅别致而精美的山水图画：山岭重重叠叠，流水曲折回旋，树枝彼此交错，云气紧密聚集，多美的景象呀！"目既往还，心亦吐纳"，眼睛要反复地观察，内心也要去感受和聆听，才会有想要倾吐的欲望和冲动。在"目既往还，心亦吐纳"之时，刘勰还是将心的感触归于外物的触发。但是到了"春日迟迟，秋风飒飒，情往似赠，兴来如答"一句，刘勰描述了一种新的情况：诗人把内在的美好情感向外流露、倾斜出来，就像好朋友相处一样，把大自然作为自己最好的朋友，而大自然也绝不辜负他，也会相应地去报答他。拿什么来报答呢？触发作者的思绪和灵感。

好友之间经常互相往来和赠答，今天他为你请客，明天你为他过生日，正是所谓"来而不往非礼也"。诗人和自然之间的关系也是如此，诗人真诚地把内心情感赠送给自然，自然也用景物激起诗人的灵感作为报答。当然这句话也可以反过来说：自然以丰富多彩的景色和万物，来开启诗人的灵感，孕育诗人的情感，然后诗人又移情于物，将情感投射到景色本身，"来而且往"。到了这个程度，刘勰的新观点产生了。在承传"物感"说和"心造"说之后，刘勰在篇末"赞曰"提出了"心物赠答"的新观点，可谓"十月怀胎，一朝分娩"。

刘勰的"心物赠答论"就是对前人"物感"和"心造"的一次成功折衷。"物感"说与"心造"说都没有摆脱简单的因果链：前者是外物为因，内心为果，人在感受到客体世界的外物之后，在内心世界产生创作冲动和艺术构思，方向是单线的；后者反过来，内心为因，外物为果，同样是单线的因果关系。在"心物赠答论"里，刘勰抛弃了物因心果或心因物果的单向逻辑联系，而是"凭心构象"，关注主体和外物的互动关系。由此，"物"不再被设置为一种本质性的概念，而是进入了自我心灵空间，成为一种可以与"我"对话，甚至彼此"赠答"的平等主体。当"物"作用于"我"，"我"作用于"物"，两者发生循环往复关系时，作者的创作冲动和艺术构思，也就在这种反复作用中得到了更进一步的强化。

比如说，杜甫的"感时花溅泪，恨别鸟惊心"，就是"心物赠答"、相互往返的结果。我们可以说，是杜甫看到含着露水的花瓣从而引发他的感时之情，看到惊飞之鸟从而触发他的恨别之心。我们也可以说，是杜甫把凄凉的感时恨别移情、投射于带着露水的花和惊飞的鸟。其实很难分清楚哪个在前、哪个在后，"心"和"物"几乎同时发生，形成"赠"与"答"的互动关系。

"心物赠答论"的高明之处在于超越了简单的因果关系，刘勰在一个更高的层面上，提出了自己的批评观——"唯务折衷"。刘勰在《文心雕龙》中的很多表述、看法和观点都是折衷以后的结果。当然，刘勰不是简单地调和对立的两种观点，做一个骑墙派，而是跳出二元对立的框架，把原先对立的两种要素、两种观点置入一个并行不悖的新体系之中。正如刘勰对"心物"的认识，就不是在既有论说层面简单地站队或骑墙，而是用动态而非静态的眼光去看待这个问题，将"心物"理论命题的研究向前推进了一步。

在谈到研究方法时，刘勰认为自己采取了唯务折衷的方式。可以说，唯务折衷几乎贯穿于《文心雕龙》每一篇。刘勰就是靠这种方式驰骋文坛，驾轻就熟，弥纶群言。弥纶群言需要整体性的折衷，因为没有折衷就没有整体性的关照。刘勰的文学理论长于整体性的观照，哪怕只是一些细节问题，比如《章句》篇谈到"换韵"这个非常具体的写作问题：

> 若乃改韵从调，所以节文辞气[①]。贾谊、枚乘，两韵辄易；刘歆、桓谭，百句不迁；亦各有其志也。昔魏武论赋，

[①] 节：调节。辞气：语气。

嫌于积韵，而善于资代①。陆云亦称"四言转句，以四句为佳"。观彼制韵，志同枚、贾。然两韵辄易，则声韵微躁；百句不迁，则唇吻告劳。妙才激扬，虽触思利贞②，曷若折之中和③，庶保无咎。

　　文章讲究押韵，有的是两句一韵，然后换韵，有的是一韵到底。"贾谊、枚乘，两韵辄易；刘歆、桓谭，百句不迁"属于两个极端：前者换韵的频率非常高，两句一换；后者则相反，百句不变。"然两韵辄易，则声韵微躁；百句不迁，则唇吻告劳。"这两种换韵方法都有弊端：前者两句一换，念起来就显得有些急躁；后者百句不变，念起来就容易疲劳。那怎么办呢？唯务折衷："折之中和，庶保无咎。""妙才激扬，虽触思利贞"，具有高妙才能的人，在用韵时能很好地接触情思，所以"曷若折之中和，庶保无咎"，折衷才能保证音韵的和谐流畅。以此为例，可见刘勰从整体上的理论体系构建，到换韵之类的具体问题，都讲求"唯务折衷"。

　　在刘勰之后，中国古代文学批评家对折衷之法多有论述，并且对于折衷方法的来源存在分歧。比如，有的认为折衷来自儒家的中庸法则，有的认为源自佛教，还有的认为来自讲求阴阳两卦和谐的《周易》。但是不管对其来源怎么看，折衷，尤其

---

① 资代：一作"贸代"。贸：迁，变化。
② 触思利贞：构思顺利。贞：正。
③ 曷（hé）：何。中和：中正平和，指用韵适中、不松不紧。

是古和今的折衷，作为一种方法论原则，在中国古代文学批评中得到了充分的运用。

举一个戏曲批评的例子。我们都知道汤显祖的"临川四梦"，文辞华美，情真意切。汤显祖主张戏曲创作要注重"意趣神色"，要把戏曲当成诗歌一样追求文字美的极致。但和汤显祖同一时代的戏曲大家沈璟则主张"格律"和"本色"，认为戏曲的曲辞首先要符合音乐性，并且应该回归到宋元戏曲俚俗质朴的传统中。汤显祖和沈璟两位大师及各自的门人，曾围绕戏曲创作问题发生了激烈的论争：究竟是要向前走，使戏曲曲辞进一步文人化、雅致化，还是要回归传统，师法宋元戏曲俚俗、质朴的文辞风格呢？这场"汤沈之争"其实也是一场"古今之争"。在汤沈之争后，明末吕天成《曲品》提出合汤沈二人之长的"双美"说，主张"辞""曲"的双美。王骥德的《曲律》则改进了沈璟的格律论，认为雅俗结合才是"本色"，理想的戏曲应是"法与词两擅其极"。但还不能说吕天成、王骥德做到了"古今折衷"，因为他们只是意识到需要在两个极端间做出调和，却给不出调和的具体方案。真正的"折衷"，在清代剧作家李渔的戏曲理论中才有所体现。

李渔是明末清初的著名才子，除了写作戏剧，著有《笠翁十种曲》，还在家养戏班子，亲自指导排戏，并把自己的经验总结为理论，写成《闲情偶寄·词曲部》。用现代的话说，李渔集编剧、剧场经理、导演、戏剧评论家四种身份于一身。在戏曲理论中，李渔如何"折衷"戏曲的文辞华美和协律浑成？他首先跳出了曲与辞、古与今之间的二元对立思维,提出戏曲的六要素——结构、词采、音律、宾白、科诨、格局,使音律和词采两者从原先的对立关系变成了并列关系。然后,李渔再具体地讨论词采和音律的创作要求:在词采方面,既要"贵浅显",讲求舞台表演对观众的效果,又要"重机趣",保证曲辞的文学性;在音律方面,要以沈璟的《南九宫十三调曲谱》为参考标准之一。李渔的理论就是在戏曲六要素的新层面上,对词采和音律这两个对立的观点来进行折衷。

三、范畴辩证

《文心雕龙》中有许多理论范畴,这些范畴有的传承有自,有的源于刘勰的匠心独运。刘勰在建构理论范畴时,也用到了折衷的方法。"范畴"一词,最早出现于《尚书》的"归畴为范"。"畴"是"类"的意思,把同类的事物归结到一起,提升到一个范畴中,然后用一个概念来命名。范畴的建立是一个由具体到抽象的过程,古代文论中的许多范畴并没有脱离具象,比如"风骨"范畴:本义是一个实物,指结构骨架,但是后来运用"风骨"范畴时,是指用词精炼而端直、挺拔有力。在由具体到抽象建构范畴的时候,必须超越具象之间的对立,而这种超越实际上就是一种唯务折衷的结果。在《文心雕龙》中,很多基本的范畴都是对种种对立的超越,在超越中建构辩证而统一的范畴。下面举四个例子加以说明：

一是动静。《神思》篇里有关于文心动静关系的表述。我们一般把"神思"作为一种构思和想象，所谓"想象"就是一种"动"，但是刘勰在讲想象之"动"的时候，受了陆机动静结合观的影响。陆机在《文赋》中说：

> 其始也，皆收视反听，耽思傍讯。精骛八极，心游万仞。其致也，情曈昽而弥鲜，物昭晰而互进。倾群言之沥液，漱六艺之芳润。浮天渊以安流，濯下泉而潜浸。于是沉辞怫悦，若游鱼衔钩，而出重渊之深；浮藻联翩，若翰鸟缨缴，而坠曾云之峻。

陆机讲灵感的时候用了动静结合观："其致也，情曈昽而弥鲜，物昭晰而互进。倾群言之沥液，漱六艺之芳润。"这是一种静，是一种沉潜、酝酿的状态，接着陆机又用了一连串生动、形象、巧妙的比喻，说灵感到来的状态："若游鱼衔钩，而出重渊之深；浮藻联翩，若翰鸟缨缴，而坠曾云之峻。"这是一种动，把构思时排除干扰、进行艰苦思维活动的情态描摹得十分逼真。刘勰在讲"神思"的时候也是动静兼顾，《神思》开篇即言：

> 故寂然凝虑，思接千载；悄焉动容，视通万里；吟咏之间，吐纳珠玉之声；眉睫之前，卷舒风云之色。

这是构思的动。后面又讲文思打开的时候，精神和万物密切结合。任何事物都毫无隐晦地展开在作者面前。可是，"关键将塞，则神有遁心"，作为精神主宰、统率关键的"志"和"气"一旦闭塞，就进入了静的状态。所以，通是动，塞是静，神思是动与静的结合。后来承传《庄子》之论："然后使玄解之宰，寻声律而定墨；独照之匠，窥意象而运斤。"这是一种巧妙的在剪裁中润饰的功夫。中国古代文论一般讲"虚静"，但刘勰谈"虚静"，又不主张完全的"虚静"；谈"神与物游"，也并不主张极致的"动"。虽然极致的"动"和极致的"静"都属于常见的创作状态，但创作的最佳状态应该是动静兼备，或者是以静带动，或者是动中守静。刘勰讲动静实际上提出了两个环节，看到了动和静的辩证统一关系。在篇末"赞曰"，刘勰总结道："神用象通，情变所孕。物心貌求，心以理应。""神用象通"是一种动，是作者在运用神时和物象相通的动，但这种动是用意的过程，也是贵在虚静的过程。只有动静兼顾，以动带静，才能传神，才能取得创作的成功。这是我们讲范畴建构的第一个例子，即刘勰的动静观。

二是体性。刘勰在《体性》篇中讲了八体，相当于我们今天所说的八种文章风格。

  若总其归途，则数穷八体：一曰典雅，二曰远奥，三曰精约，四曰显附，五曰繁缛，六曰壮丽，七曰新奇，八曰轻靡。

这八种风格两两相对。第一种"典雅"和第七种"新奇"相对，经典高雅的反面就是新颖奇异，也就是我们所说的新潮、先锋和前沿，这一组是相对而言。第二种"远奥"和第四种"显附"相对，"远奥"就是深远、不显露，"显"就是明显。第三种"精约"和第五种"繁缛"相对，字句节省的反面就是词采丰富。第六种"壮丽"和第八种"轻靡"也是相对的，前者侧重于宏壮美丽，后者偏向浮华无力。刘勰不是随便列举八体，而是使之两两相对，构成四组关系，作为文体论的多元表述，并不过于看重或偏袒哪一体。刘勰在后边又讲到"才性异区，文体繁诡"，指出作家才性和作品风格的多元化。作家的才性有不同的区域，刘勰并不主张看重或贬低哪一种，而是认为不同作家可以根据自身的才性来选择不同的文体。刘勰敏锐地看到风格的多样性，并使之两两对应。如此全面的总结，足以显示出刘勰的理论新见。

中国文学的发展，通常在两极中寻求一种综合，过于倾向某一端往往会造成弊端。比如，魏晋建安风骨是一种阳刚之气，但是到了六朝，宫体诗兴起，成靡靡之音，文风开始走向萎靡。生活于齐梁之际的刘勰已经发现自己所处时代的问题了，后来果如其料，文风每况愈下：轻靡、纤弱、浮艳的文风日益泛滥。于是，到了唐初，就又要重振建安风骨，陈子昂登高一呼："文章道弊五百年矣。"文论家呼唤阳刚，号召重振建安风骨，才有接下来的盛唐气象。可到了晚唐，随着小李杜和李贺出现，诗歌又开始走向了"绮靡"。于是到了宋代，便又有了阳刚派豪放词风的崛起。可是再豪放，词终归有词的本色，所以婉约、缠绵之风仍然占据主导地位，这是由文体决定的。若从整个中国文学发展史来看，也似乎形成了某种规律。据此说来，刘勰绝不偏向于任何一种风格，自有一定的道理。

三是风骨。本节主要谈"风骨"与"词采"的关系。

> 夫翚翟①备色，而翾翥②百步，肌丰而力沉也；鹰隼乏采，而翰飞戾天③，骨劲而气猛也。文章才力，有似于此。若风骨乏采，则鸷集翰林；采乏风骨，则雉窜文囿④；唯藻耀而高翔，固文笔之鸣凤也。

"风骨"大体上是指一种阳刚之气，代表一种很强的感染力或很旺盛的生命力。但这里存在矛盾的情况，刘勰谈了两种：一种是有文采却没有风骨，一种是有风骨而没有文采。刘勰用了两个非常精彩的比喻来说明这两种情况：一种是"夫翚翟备色，而翾翥百步，肌丰而力沉也"，即有文采但没有风骨便飞不高；另一种是"鹰隼乏采，而翰飞戾天，骨劲而气猛也"，反过来，仅有风骨而没有文采也少吸引力。可见，刘勰既反对只有风骨没有文采，也反对只有文采没有风骨，既看不上老鹰，也看不上野鸡，而认为最好的作品是"唯藻耀而高翔，固文笔之鸣凤也"。

---

① 翚（huī）：五彩的野鸡。翟（dí）：长尾的山鸡。
② 翾（xuān）翥（zhù）：小飞。
③ 翰：高。戾（lì）：到。
④ 文囿（yòu）：文坛。

这是很有象征意味的比喻，也是刘勰对文采与风骨最典型的唯务折衷。他同时否定了翚翟和鹰隼，欣赏既有光彩羽毛又能高歌飞翔的美丽凤凰。这就是刘勰心目中的理想风格，用我们现在的话来说，就是作品的高度思想性和尽可能完美的艺术形式的统一。

四是通变。本书在第八章《振叶寻根》曾讲到刘勰"会通适变"的思想。就《通变》篇而言，如果把"通"和"变"当作名词，那么"通"和"变"就是两个相对的概念："通"讲继承，"变"讲革新。刘勰既反对一味的"通"，也反对一味的"变"，那么他如何将两个对立的概念融为一个辩证的范畴呢？刘勰使用的还是折衷方法，在谈《诗经》以前诗文的时候，连用了四个形容词，是有讲究的：

> 唐歌《在昔》，则广于黄世；虞歌《卿云》，则文于唐时；夏歌"雕墙"，缛于虞代；商周篇什，丽于夏年。至于序志述时，其揆一也。暨楚之骚文，矩式周人；汉之赋颂，影写楚世；魏之篇制，顾慕汉风；晋之辞章，瞻望魏采。榷而论之，则黄唐淳而质，虞夏质而辨，商周丽而雅，楚汉侈而艳，魏晋浅而绮，宋初讹而新。从质及讹，弥近弥淡。

其中，广、文、缛、丽都是讲后代对前代的"变"。后面谈到《离骚》就大不一样了，可见文风起了变化："楚之骚文，矩式周人；汉之赋颂，影写楚世；魏之篇制，顾慕汉风；晋之辞章，瞻望魏采。"同样是讲模仿,刘勰用了四个不同的词:矩式、影写、顾慕、瞻望。可见,写文章一定要有变化,不可辞藻太贫乏。其实过于模仿和过于变化这两者刘勰都看到了,并且认为都是不好的:"榷而论之,则黄唐淳而质,虞夏质而辨,商周丽而雅,楚汉侈而艳,魏晋浅而绮,宋初讹而新。"一味变的话,则文风趋于绮丽新奇,走向浅薄诡诞,滋味越淡;一味通的话,则陷入模仿,跳不出前人的圈子,辞意相袭而无从"望今制奇"。只有既"通"又"变",才是辩证的思维模式。

以上四个范畴来自《神思》《体性》《风骨》《通变》四篇,它们构成刘勰创作论的核心,实际上也贯穿着唯务折衷思想的核心,即在一种对立的情况下,通过超越对立的方法,形成新的概念和创见。不妨说,折衷是刘勰驾驭文章轩车的高妙之法。正是有了"折衷",才能兼顾上下古今,最终形成自己的真知灼见。

综上,本章从儒家的"中庸之道"入手,分析《文心雕龙》的折衷思维,包括刘勰在思维方式上对"古"与"今"两端的折衷,以及在理论范畴建构上对"同"与"异"两端的折衷。刘勰的折衷之法,旨在建立一种新的框架,把旧有的冲突两极放入并行不悖的体系中,这是一种进步、发展的思维方法。

第十章
弥纶群言

前面两章讲了《文心雕龙》的溯源思维和折衷思维,本章讲《文心雕龙》的整体思维。标题"弥纶群言"出自《序志》篇,"弥纶"本是纺织用语,有"弥缝补合、经纶牵引"之意,喻指对前人创作和批评的综合分析和整体研究。"弥纶群言"是刘勰整体性思维方式的集中体现。本章将分三个层面论说:一是"体大虑周",讲《文心雕龙》全书的整体性;二是"笼圈条贯",讲刘勰创作论的整体性;三是"敷理举统",讲刘勰批评论的整体性。

一、体大虑周

"龙学"是显学,《文心雕龙》的注本较多,而龙学界所公认的较为权威的注本之一是范文澜《文心雕龙注》。范注的注释之中有两个表:一个是在《原道》篇后面对一到二十五篇,即"文之枢纽"和"论文叙笔"结构的详细说明；另一个是《神思》篇后面对创作论结构的图示。现将这两个结构表影印如下：

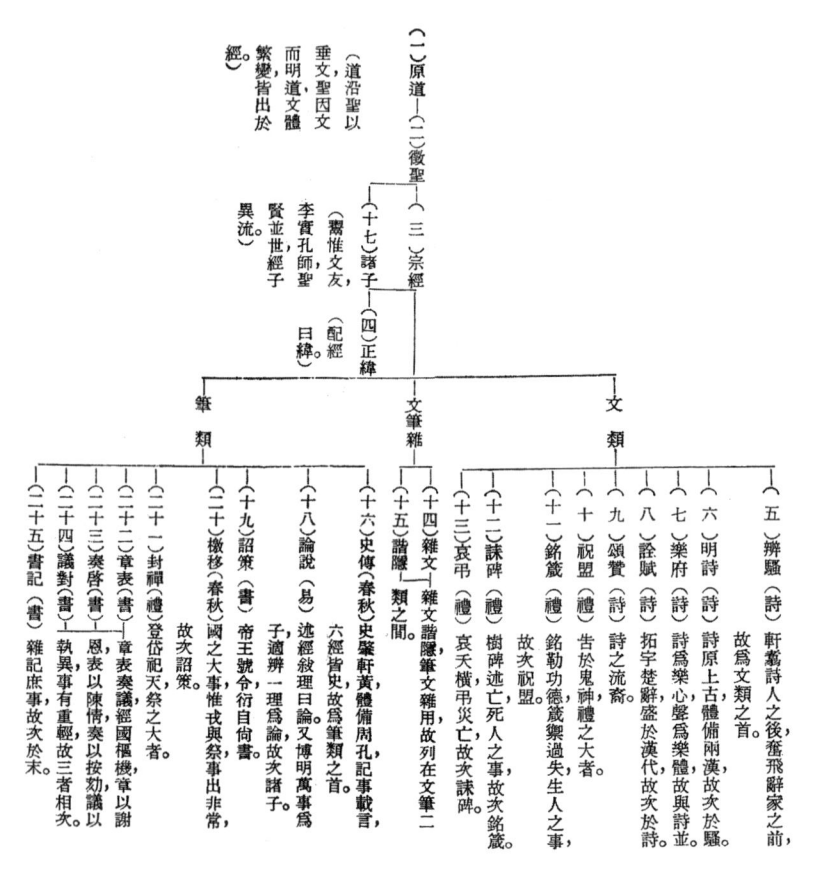

```
（一）原道──（二）徵聖──（三）宗經──（四）正緯──（十七）諸子──┬── 文類
（道沿聖以        │                                          │
垂文聖因文        │                                          ├── 文筆雜
而明道文體        │                                          │
繁變皆出於        │                                          └── 筆類
經。）            │
                  （霧惟文友    （配經
                   李實孔師聖    曰緯。）
                   賢並世經子
                   異流。）

文類：
（五）辨騷（詩）軒翥詩人之後奮飛辭家之前，故爲文類之首。
（六）明詩（詩）詩原上古，體備兩漢，故次於騷。
（七）樂府（詩）詩爲樂心，聲爲樂體，故與詩並。
（八）詮賦（詩）拓宇楚辭，盛於漢代，故次於詩。
（九）頌讚（詩）詩之流裔。
（十）祝盟（禮）告於鬼神禮之大者。
（十一）銘箴（禮）銘勒功德箴禦過失生人之事，故次祝盟。
（十二）誄碑（禮）樹碑述亡死人之事，故次銘箴。
（十三）哀弔（禮）哀天橫弔災亡故次誄碑。

文筆雜：
（十四）雜文　雜文諧隱筆文雜用故列在文筆二類之間。
（十五）諧隱（禮）

筆類：
（十六）史傳（春秋）史纂軒黃體備周孔記事載言，六經皆史，故爲筆類之首。
（十八）論說（易）述經敘理曰論又博明萬事爲子適辨一理爲論故爲諸子。
（十九）詔策（書）帝王號令今衍自尙書。
（二十）檄移（春秋）闕之大事惟戎與祭事出非常，故次詔策。
（二十一）封禪（禮）登岱祀天祭之大者。
（二十二）章表（書）章表奏議經國樞機章以謝恩表以陳情奏以按劾議以執異事有重輕，故三者相次。
（二十三）奏啓（書）
（二十四）議對（書）
（二十五）書記（書）雜記庶事故次於末。
```

（范文瀾：《文心雕龍注》，人民文學出版社，1958年版，第3—4頁）

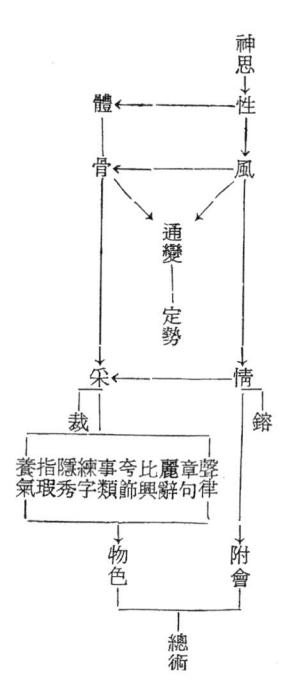

(范文澜:《文心雕龙注》,人民文学出版社,1958年版,第496页)

在这两幅图中,我们可以直观地感受到《文心雕龙》理论框架的整体性。《文心雕龙》总共是五十篇,就像是一棵参天大树,除了最后可作为序言的《序志》篇以外共四十九篇,组成三个大的系列。关于这三个部分的称谓,不同学者的表述有所不同。例如:有学者分为第一"文原",第二"文体",第三"文述";有学者认为第一部分是"总论",第二部分是"文体论",第三部分是"创作鉴赏论";等等。还有分得更细致的,例如,周振甫《文心雕龙今译》就分为"总论""文体论""作家论"和"文学评论(文学史、作家论、作家品德论)"。应该说,这些分法都可以成立,但最可靠的应该还是刘勰自己的划分。刘勰在《序志》篇里，曾自述《文心雕龙》一书结构：

> 盖《文心》之作也，本乎道，师乎圣，体乎经，酌乎纬，变乎骚：文之枢纽，亦云极矣。若乃论文叙笔，则囿别区分，原始以表末，释名以章义，选文以定篇，敷理以举统：上篇以上，纲领明矣。至于割[1]情析采，笼圈条贯[2]，摘《神》《性》[3]，图《风》《势》[4]，苞《会》《通》[5]，阅《声》《字》[6]，崇替于《时序》，褒贬于《才略》，怊怅于《知音》，耿介于《程器》，长怀《序志》，以驭群篇：下篇以下，毛目显矣。位理定名，彰乎大衍之数，其为文用，四十九篇而已。

《文心雕龙》的前五篇《原道》《征圣》《宗经》《正纬》《辨骚》，被刘勰称作"文之枢纽"："盖《文心》之作也，本乎道，师乎圣，体乎经，酌乎纬，变乎骚。"第一部分从首篇《原道》至第五篇《辨骚》，以道为根本，以圣人为老师，以经典为体制，以纬书为斟酌，以骚为通变，探讨的是文学本原性问题。

---

[1] 割：又作"剖"。

[2] 笼圈：包举的意思。条贯：条理。这两句是指从内容和形式的分析中归纳出理论来。

[3] 摘（chī）：发布，引申为陈述。《神》《性》:《神思》《体性》。

[4] 图：描绘，引申为说明。《风》《势》:《风骨》《定势》。

[5] 苞：通"包"。《会》《通》:《附会》《通变》。

[6] 阅：检查。《声》《字》:《声律》《练字》。

第二部分是"论文叙笔",从第六篇《明诗》到第二十五篇《书记》整整二十篇,属于"文体论"。刘勰"论文叙笔"有"四项基本原则":"原始以表末,释名以章义,选文以定篇,敷理以举统。"用今天的话来说,"原始以表末"是历史的描述,推求各种文体的来源,并叙述其流变;"释名以章义"是概念的界定,解释各种文体的名称,显示它的意义;"选文以定篇"是作家、作品的描述,选取各体文章来确定论述的篇章;"敷理以举统"则是整体性的总结,系统陈述个体的写作理论,进行理论上的抽象和概括。其实,我们今天写论文,也离不开这种思维方式:研究某个问题,首先要做文献综述,梳理学术史;其次要精确定义自己的研究对象,不能暧昧不清;然后再选取具体的案例,验证所提出的命题或假设;最后还要有整体性的总结,将自己的具体研究提升、抽象到理论高度。

第三部分是创作论,刘勰称之为"割情析采,笼圈条贯"。"割情析采"就是剖析情采的意思,刘勰认为创作主要是内在感情和外在文采的融合。"笼圈"是包举、概括的意思,"条贯"是理论的条理和贯通,就是概括性地去表述条理。尽管刘勰并没有说"割情析采,笼圈条贯"是从哪一篇到哪一篇,但是接下来的每一句话里都包含着篇名:"摛《神》《性》","摛"是推论、表述文章艺术构思和体式风格的问题,《神》指《神思》篇,《性》指《体性》篇,这两篇是紧挨着的;"图《风》《势》","图"是描述、考虑、申说的意思,《风》是《风骨》篇,《势》是《定势》篇,还包括二者之间的《通变》篇;"苞《会》《通》","苞"是包举之意,《会》是《附会》篇,《通》是《通变》篇,还包括《熔裁》篇,涉及文章承传革新和整体安排的问题。从次序上看,刘勰非常巧妙地先正着说后又反着说。在"摘《神》《性》,图《风》《势》"时,刘勰故意把《通变》篇省略掉,然后又反过来讲,由《附会》一直到《通变》,这都是关于创作的。再往后看,"阅《声》《字》","阅"是观察,《声》是《声律》,《字》是《练字》,从《声律》到《练字》都是关于语言形式,讲艺术表现和修辞技巧。刘勰一会儿倒序,一会儿正序:"苞《会》《通》"是倒序,从《附会》第四十三,回到《通变》第二十九;"阅《声》《字》"则是正序,从《声律》第三十三到《练字》第三十九。一倒一顺,一包一举,正好把后面二十五篇都容纳进去,构成第三部分创作论。

在此基础上,还能细分出第四部分,可称之为"鉴赏论"。周振甫先生在前三类之后又设置了"文学评论"类,也有道理。《序志》篇在"摘《神》《性》,图《风》《势》,苞《会》《通》,阅《声》《字》"后面还有一句话:"崇替于《时序》,褒贬于《才略》,怊怅于《知音》,耿介于《程器》。"《时序》后面省略了《物色》篇,但是《物色》在这里可以不说,因为《时序》和《物色》两篇都是讲创作主体和客体的关系,只是《时序》篇的客体倾向于社会和人文,而《物色》篇的客体倾向于自然和天文,所以只选择《时序》一篇就足够了,可以将《物色》概括性地带过去。"崇替"是兴废的意思,类似于改朝换代。"褒贬于《才略》"也很好懂,《才略》是对各个作家优劣、长短做总的评价,是典型的作家论;"怊怅于《知音》","怊怅"是发感慨的意思,惆怅、感叹于知音之难逢;"耿介于《程器》",《程器》讲作家文德,"耿介"是耿耿于胸、难以忘怀的意思。这一部分既有谈文学史,也有谈文学与自然的关系,还有谈作家、谈鉴赏的篇章。所以周振甫先生称作"文学评论",我们也可以将其视为"鉴赏论"。最后这篇《序志》,是全书的序言,介绍了写作宗旨和全书结构。

以上是从章节目录来分析《文心雕龙》的结构,可以看出刘勰的构思非常严谨。这还只是从表面上看,我们还可以从其内在结构观察《文心雕龙》,即前述四个部分,又分别含有三个关键词。

总论的关键词是"道、圣、文","道"是原道的道、自然之道,"圣"是征圣,"文"是文章。刘勰把三者的关系表述得非常清晰:自然之道通过圣人来弘扬,圣人之道又通过文章来体现。可以说,整个总论都统一在"道、圣、文"三个关键词之中。

文体论部分的关键词是"文、笔、杂",从《明诗》到《哀吊》是"文",从《史传》到《书记》是"笔",中间两篇《杂文》和《谐隐》是"杂"。《文心雕龙》文体分类的基本标准是有韵者为"文",无韵者为"笔",而像《杂文》《谐隐》两篇不可完全归入文、笔之中,刘勰也周全地考虑到了。

创作论也是三个关键词——"物、情、言",外物的"物",情感的"情",语言的"言"。在《神思》篇里,刘勰很清楚地讲到"神与物游",然后指出创作构思的关键是如何用语言表达外物。虽然"情"有时候指"神",有时候指"心",但大体上是指创作的主体;"言"有时候指"实",有时指"文",实际上也是指文学作品本身。从《神思》篇开始到后来,刘勰紧密围绕着"物、情、言",或曰文学创作的客体、主体、语言三者。

鉴赏论也可以用三个词来归纳,一是"时序",二是"知音",三是"才性"。《时序》是文学史论,"时"是时间,指时代变迁,也可以包含自然顺序;《知音》讲鉴赏;《才略》讲作家之"才",《程器》讲作家之"性"(主要指作家的德性)。用上述三个关键词来概括刘勰的鉴赏论,也很准确。这是刘勰的整个理论结构,非常严谨,去掉任何一环,结构就残缺了。

我们写文章时也要追求结构的严谨。写一篇文章,如果把其中某一部分抽掉还可以成立,抑或前一部分与后一部分缺少关联,就说明文章不合格,至少是结构有问题。因为任何规范而严谨的文章都应是一个有机统一体,其中各个组成部分都不可分割、无法代替。台湾龙学家王更生先生说,《文心雕龙》前后一体,击首则尾应,击尾有首应,是一个活泼的生命有机体。比如《原道》篇自然地引出后面的《征圣》和《宗经》,《神思》篇后面又提到《体性》和《情采》,这就是击首而尾应,去掉任何一篇都不行,从而形成一个相互照应的严谨结构。

那么,需要继续追问的是,《文心雕龙》为什么会有这样一个体系?它的体系的核心是什么?这就要从刘勰《文心雕龙》的思想和资源来探求,也就是最内在的"道"。这个"道"不仅仅是自然之"道"[①],更是儒、道、释三家之"道"的综合体:既包

[①] "道"还有技巧和方式的意思。佛教四圣谛"苦集灭道"的"道"就是解脱苦难的方式和途径,佛教不同的宗派有各自的道。

括作为文学起源和本原的自然之"道",也包括作为文学流变,即从《周易》到孔子的先秦儒家之"道",还包括作为文学言说方式技巧之"道"。刘勰把儒、道、释三家之道都统一于文学之道,然后又把作为本体的道、作为本原的道、作为流变的道、作为方式的道也统一到文学之道。从"道"的意义上讲,《文心雕龙》是一个整体,形成一个核心,达到一种高度的整体性和系统性。这也就是本章"弥纶群言"的第一层含义:体大虑周。

二、笼圈条贯

整体思维的第二层含义是"笼圈条贯",这是创作论意义上的整体观。"笼圈"是包举的意思,"条贯"是条分缕析的意思。刘勰讲创作论按照上节提到的三个关键词"物、情、言"展开。谈"物"和"情",或者我们称之为"物"和"心"的关系,主要见于《物色》篇。《物色》篇讲"情以物迁,辞以情发",也就是情感跟着外物走,言辞随着情感自然发出。刘勰把"物、情、言"三者统一到"神思"的范畴中,以"神思"为中心展开创作论。

刘勰在《神思》篇指出:"故寂然凝虑,思接千载;悄焉动容,视通万里。"意思是,想象飞腾不受时间和空间的限制,可以想到千年以上、万里之远。与"神思"相关的第二个概念是"思虑",或曰"志气",指的是创作的主体。第三个概念是"辞令"或"言辞",也就是外在的语言表达,把抽象的灵感、主观的作家气质，具体化为客观存在的文学文本。《神思》篇提到的这三个概念，构成整个创作论的核心部分。

《神思》篇后面又讲道："夫神思方运，万涂竞萌，规矩虚位，刻镂无形。"在神思驰骋的时候，万物奔腾，动静无拘，想要准确捕捉到心象，使之形于纸上，最终成为固定的文本，是一件困难的事。这实际上是以一种宏观整体的视野，讲主体创作时的两大困难：一是主体驾驭万物的困难；二是主体把自己的感受文本化的困难，也就是"语言的痛苦"。

刘勰在《文心雕龙》各篇里曾表述过这种创作时"语言的痛苦"，并以一种整体性的视角去审视这种痛苦，从"物、情、言"的三个角度给出解决的办法。

从"物"的角度，刘勰在《物色》篇中讲述了对"物"描摹的"以少总多"法：

> 故"灼灼"①状桃花之鲜，"依依"②尽杨柳之貌，"杲杲"③为出日之容，"瀌瀌"④拟雨雪之状，"喈喈"⑤逐黄鸟之声，"喓喓"⑥学草虫之韵⑦。"皎日""彗星"，一言穷理；"参差""沃

---

① 灼灼：花盛开的样子。《周南·桃夭》："桃之夭夭，灼灼其华。"
② 依依：柳枝轻柔状。《小雅·采薇》："昔我往矣，杨柳依依。"
③ 杲（gǎo）杲：光明状。《卫风·伯兮》："其雨其雨，杲杲出日。"
④ 瀌（biāo）瀌：下大雪状。《小雅·角弓》："雨雪瀌瀌。"
⑤ 喈（jiē）喈：鸟鸣声。《周南·葛覃》："黄鸟于飞，集于灌木，其鸣喈喈。"
⑥ 喓（yāo）喓：虫叫的声音。《召南·草虫》："喓喓草虫。"
⑦ 韵：指虫鸣声。

若",两字连形:并以少总多,情貌无遗矣。虽复思经千载,将何易夺?

刘勰在这段话中举了多个《诗经》描摹物象的例子,它们的共同特点就是"以少总多"——使用的笔墨极少,却能较为详尽地描摹事物的情态和样貌。例如"桃之夭夭,灼灼其华",描写桃花盛开的样子仿佛火在燃烧。桃花明艳本是视觉上的静态享受,"灼灼"二字却赋予其有温度的动态体验,让读者感受到桃花中蕴含的春日生机。再如"昔我往矣,杨柳依依",描写柳枝随风飘飘摇摇,就好像依依不舍的思妇在送别出征的士兵,又像是无奈踏上征戍之路的士兵,在诉说着对故乡和家人的思念。这两句诗看起来只用了两个字来描写,却蕴含着深广丰赡的寓意,因而一直流传不绝。"以少总多"也是古今中外名家共同追求的文章境界,美国意象派诗人埃兹拉·庞德的代表作《在地铁车站》全诗如下:

The apparition of these faces in the crowd;
Petals on a wet, black bough.
(杜运燮译:人群中这些面孔幽灵一般显现;
湿漉漉的黑色枝条上的许多花瓣。)

庞德说,曾经在巴黎地铁的人流中见到了几个美丽的面孔,一时心有所感。为了描述当时的感受,他写成长诗,又反复把自己的长诗删改，历时一年后，终于只剩下 14 个单词，却使这首短诗成为意象派诗歌的代表。黑色且湿漉漉的枝条是冷漠、压抑的，就像地铁站来去匆匆、劳于通勤的人流；而在这人群中隐现的几张神采飞扬的面孔，又像花瓣一般生机勃勃。庞德热爱中国诗歌和日本俳句，甚至翻译过《诗经》。从这首短诗中，我们可以看到庞德追求"以少总多"的表意方法：繁冗的词汇和语句是表达诗意的负担，要表现事物的全貌，一言足矣。除了诗歌，其实我们读鲁迅的小说，也有同样的体会：鲁迅写孔乙己，是"穿着长衫站着喝酒"（《孔乙己》）；写魏连殳，是"两眼在黑气里放光"（《孤独者》）；写宴之敖者，是"两点磷火一般的那黑色人的眼光"（《铸剑》）——都是相当精炼简省的描写，寥寥几笔就刻画出鲜明的人物形貌。

从"情"的角度，刘勰在《体性》篇中，给出了用情感驱动文辞的"因内而符外"法：

> 夫情动而言形，理发而文见，盖沿隐以至显，因内而符外者也。

"情动而言形，理发而文见"，意为感情触动之后生成语言，阐发道理而体现为文章。下一句"盖沿隐以至显，因内而符外者也"，说的是内在的情感和外在的语言、内在的道理和外在的文章，有一个由隐到显、由内到外的过程，同时，隐和显要相契，内和外要相符。那么如何使"隐"变得"显"呢？刘勰认为，首先要让情感作为驱动文辞的骨架，先有"情动"，才能考虑"言"的问题。刘勰的这句话可与海德格尔的语言观相互印证。海德格尔说，人类的语言是通向"存在"的甬道，世界通过人类（具体来说就是通过语言）来彰明自己。世界本来处在一个"隐"的状态，存在被物自身的物性或人类的机械理性所"隐藏"、所"遮蔽"；而语言，尤其是诗歌能够"去蔽"，让存在的本质"显"出来。但是，从另一个角度来讲，"言"本身又限定了"情"的范围，即有关情感的概念、状态、流变为语言所限定。那么，选择什么样的语言、语体来表达，就是解决"语言的痛苦"关键之所在。

接着看《定势》篇。《定势》篇从"言"的角度，讲到了每一种文体所适合的表意范围。刘勰从"言"的角度提出了许多方法，例如"顺势而为"法：

> 势者，乘利而为制也。如机发矢直，涧曲湍回，自然之趣也。圆者规体，其势也自转；方者矩形，其势也自安：文章体势，如斯而已。……章表奏议，则准的乎典雅；赋颂歌诗，则羽仪乎清丽；符檄书移，则楷式于明断；史论序注，则师范于核要；箴铭碑诔，则体制于宏深；连珠七辞，则从事于巧艳。此循体而成势，随变而立功者也。虽复契会① 相参，节文互杂，譬五色之锦，各以本采为地矣。

---

① 契：约券，引申为规则。会：时机，场合。

《孙子兵法·虚实》讲"兵无常势,水无常形","势"本是兵家用语,在《定势》篇中,刘勰把"势"转化为文学批评术语,用来表示"一种文体应该表现的状态"。文体的"势"应是自然而成,就像箭从弩机中射出是笔直状态,湍流从山溪中流出来是曲折的形貌。所以,公文文体应当典正雅致,诗歌文体应当清丽,碑文墓志之类的严肃文体应当深沉宏大,连珠七辞之类的游戏文体应当精巧富艳……

除了《定势》篇,刘勰还在很多篇目中从"言"的角度来谈论怎么解除"语言的痛苦",例如《风骨》篇论风骨与文采的关系。风骨是作品风格的表现,要和语言保持一种和谐状态:光有风骨没有文采,就像老鹰虽然飞得高但是不漂亮;光有文采没有风骨,就像野鸡虽然漂亮但是飞不高。又如《章句》篇把情感比作住宅,"宅情曰章"。房屋中的柜子和床分别摆放在什么地方,怎么摆放才显得好看、舒适和有序,就需要精心布置。其实写文章就像装修房子,里面大有学问:同样的房屋和家具,不同的人来装修和摆放,效果大不一样;用同样的汉语写文章,有的人写出来漂亮生动,有的人写出来毫不显眼。所以,刘勰用房屋和家具来讲"情"与"采"之间的关系,也很到位。从以上例子中,我们可以看到刘勰如何整体性地把握外物、作家和语言的关系,并在此基础上整体性地建构《文心雕龙》的创作论。

其实"语言的痛苦"不仅出现在文学创作里,还时常出现在日常生活中。语言是用于社会交流的工具,应是普遍的,但个人的感受却是私人化的,经常因所处的情境而迁移,难以向他人明说——"语言的痛苦"就源于这两者之间的矛盾。个人心中的情感体验，或是春雨般细腻的情思，或是黄土地式的万丈豪情，有时很难说得明白。如果一个人从未亲历过"语言的痛苦"，那将是很可悲的——这就意味着他的感性体验和理性思考，都处在普遍的、大众的语言范围之内，只有平庸的生活而从未经历过超乎寻常的体验。

那么，如何应对"语言的痛苦"呢？尽管"言不尽意"，但充分训练自己的语言表达能力，尤其是通过阅读经典来充实自己的词库，对于缓解"语言的痛苦"很有帮助。我们现在身处一个语言能力退化的时代：网络社区流行语的病毒式传播，使人倾向于"短平快"、碎片化的言说，其背后是对个人表达能力的侵蚀。有人曾在网上提问：孩子从小诵读诗词歌赋、学习古典文学有什么意义呢？其中一个回答很妙：能够让孩子长大后面对美丽的景色，脱口而出的是富有诗意的"落霞与孤鹜齐飞"，而不是人云亦云的大白话。从古典文学中可以汲取更精当的、更有感染力的语言，从而接近那需要细细揣摩、玩味的情感状态。

三、敷理举统

整体思维的第三层含义是"敷理举统"，这是文学史意义上的整体观。敷理举统，就是展现一种文体演变发展的纵向历史，从而建立起文学发展的谱系。刘勰的四项原则"原始以表末，释名以章义,选文以定篇,敷理以举统"中,前三条其实都是在为第四条服务。追溯文体的起源,解释文体的名目,选取经典代表作,都在为建构文学史努力,所以第四条"敷理举统"可视为刘勰文体论的总纲。

在《说文解字注》中,段玉裁认为"统"字来源于先民养蚕缫丝的活动:把蚕茧泡在热水里煮,抽出来的丝就叫"统"。后来"统"又引申出两个义项:一个是总括的意思,比如《公羊传·隐公元年》:"何言乎王正月?大一统也。"另一个是传承的意思,比如扬雄《甘泉赋》:"拓迹开统。"中国古代史学执着于"正统"问题,饶宗颐《中国史学上之正统论》指出,中国古代有两个"正统论"系统:一个是战国阴阳家邹衍的"五德终始"系统,强调时间上的承续,例如秦朝自称水德,汉朝自称火德;另一个是《公羊传》的"大一统"系统,强调空间上的占有,例如金国占据了中原,就自认接替了北宋的"正统"。近代思想家牟宗三先生在《略论道统、学统、政统》一文中重新阐释了中国古代三个重要的"统",即"道统""学统"和"政统"。其中"道统"是"德性之学",也就是古代儒者从先秦孔孟一直到清代朴学的传承;"学统"指古代天文律历等学问,因为只停留在感性、实用层面而逐渐凋敝;"政统"则是一以贯之的君主专制,始终压制前两者的发展。清华大学甘阳教授著有《通三统》,试图在当代中国打通孔夫子的"人情"、毛泽东的"平等"、邓小平的"市场"三个传统,这也是一部关于通识教育的著作。

一般讲刘勰"敷理以举统"思维,只会到《文心雕龙》"论文叙笔"部分去找，但其实作为方法的"敷理以举统"，并不仅仅出现在《明诗》到《书记》这二十篇文体论里。文体论之外，还有《辨骚》和《时序》两篇彰显了鲜明的"敷理以举统"意识。《时序》从表面上看，将先秦到南齐的文学梳理了一遍，同现在的文学史形式颇为相近，但该篇更侧重于论述"历史中的文学"，而非"文学自己的历史"——侧重于揭示后者的是《辨骚》篇。

如果把《文心雕龙》视作一个整体，那么从最高层面构建文学谱系的"敷理以举统"，就在"文之枢纽"的《辨骚》篇。篇名所谓"辨"，是辨体、辨析的意思；而所谓的"骚"不只是《离骚》，还包括广义上的楚辞。刘勰在《序志》篇中讲到"变乎骚"，又把"辨"理解为变化。那么，为什么要强调"变"呢？原因在于，刘勰认为从先秦经典性的文体到楚汉文学性的文体，其中发生了很大的变化。刘勰所说的"变"，是从经典到文学之变。儒家的"六经"是经典性的文体，在孔子删定"六经"到战国末年这段时间，"六经"支配着整个中国的文本形态。屈原《离骚》的出现，开启了一种从未有过、迥异于经典的新文体——它的生成和写定，不需要背负美刺政治和教化社会的职责，只需充分表露个人的情感体验即可；它的存在不需要依附于对"六经"的阐释，或者某种政治目的，而是具有相对的独立性。对于刘勰而言，《离骚》或曰楚辞具有重要意义，如果没有楚辞，那么"文"仍不会与"经"脱离，他也只能跟在马融、郑玄身后，做一个亦步亦趋的经学家，而无法通过"论文"来表达并实现自己的儒家理想。

刘勰在《辨骚》中花了很长篇幅来讲《离骚》与经典的同异

关系，因为这涉及整部《文心雕龙》谱系建构的问题。从古代的"六经"，到南朝的骈文诗赋，中间的重要历史转折就是楚辞。同时，正是楚辞把后代文学和先秦儒家经典相连接。刘勰总结《离骚》和经典的相同之处有四：

> 故其陈尧舜之耿介①，称禹汤之祗②敬，典诰之体也；讥桀纣之猖披③，伤羿浇之颠陨④，规讽之旨也；虬龙⑤以喻君子，云蜺⑥以譬谗邪，比兴之义也；每一顾而掩涕，叹君门之九重⑦，忠怨之辞也。

有哪四点相同呢？刘勰认为《离骚》是"典诰之体"，因为它是依经立论。除了"典诰之体"，还有"规讽之旨""比兴之义"和"忠怨之辞"，这些文字出现在《辨骚》的第二段，陈述尧舜的耿介、称赞汤武的祗敬等都是《离骚》中的例子。虽然《离骚》和经典的体裁不一样，但它们有内在的相似性。当然，刘勰的论

---

① 耿：光明。介：大。《离骚》："彼尧舜之耿介兮，既遵道而得路。"
② 祗：与"敬"同义，尊敬。《离骚》："汤禹俨而祗敬兮，周论道而莫差。"
③ 猖：狂妄。披：邪僻。《离骚》："何桀纣之猖披兮，夫唯捷径以窘步。"
④ 颠陨（yǔn）：坠落。《离骚》："羿淫游以佚畋兮，又好射夫封狐。……浇身被服强圉兮，纵欲而不忍。日康娱而自忘兮，厥首用夫颠陨。"有穷氏君主后羿沉迷打猎，被臣子寒浞篡位；寒浞子过浇奢逸无度，与其父一起被杀。
⑤ 虬龙：神兽，比喻君子。
⑥ 云蜺：恶气，比喻小人。
⑦ 九重：九层的门，讽刺君王不肯纳谏，疏远贤臣。宋玉《九辩》："岂不郁陶而思君兮？君之门以九重！"

证有些牵强，有一点像汉儒用讽谏、教化说《诗》。其实，刘勰是想抬高《离骚》的地位，所以才依经立论，认为《离骚》和经典有相同的地位，我们要持理解之同情。

刘勰最有价值的观点是讲《离骚》与经典之异有四：

> 至于托云龙①，说迂怪，丰隆求宓妃，鸩鸟媒娀女，诡异之辞也；康回②倾地，夷羿彃日③，木夫九首，土伯三目，谲怪之谈也；依彭咸之遗则，从子胥以自适，狷狭之志也；士女杂坐，乱而不分，指以为乐，娱酒不废，沉湎日夜，举以为欢，荒淫之意也：摘此四事，异乎经典者也。

第一点，诡异之辞，见文中："至于托云龙，说迂怪，丰隆求宓妃，鸩鸟媒娀女。""丰隆求宓妃"和"鸩鸟媒娀女"两个例子都出自《离骚》。"丰隆"是传说中的云神，"宓妃"是洛水女神，即曹植《洛神赋》的主角。"鸩鸟"是传说中一种羽毛有剧毒的鸟，"娀女"指的是有娀氏女子简狄，传说她生育了商朝的祖先契。《离骚》里说，"我"让云神去找洛神的所在，又让鸩鸟去找简狄说媒——这里的依据应该是楚地的民间传说，可惜到刘勰的时代文献早已流失。刘勰只看出屈原用典和"五经"的记载不甚一致，又找不到更多的文献依据，因此称为"诡异"。

---

① 托云龙：《离骚》："驾八龙之婉婉兮，载云旗之委蛇。"
② 康回：共工的名字。
③ 夷：是羿的姓。彃：射。

第二点，谲怪之谈。文中谈道："康回倾地，夷羿彃日，木夫九首，土伯三目。"这里的四个例子，前两个出自《天问》，后两个出自《招魂》。《天问》据说是屈原流放期间，经过一座神庙，依据墙上的神仙壁画所作。"共工怒触不周山"与"后羿射日"两个神话典故保留在《淮南子》之中，不必多说。《招魂》据说是宋玉悼屈原所作，也有说法是屈原悼楚怀王而作。这里说的是"我"呼唤亡者的灵魂归来，不要去天上和地下，天上有九头人，一天要拔九千根木头，地下有怪物，长着三只眼睛。据专家对曾侯乙墓棺画的研究，"土伯"应是阴间的守门兽，就像西方神话中的地狱三头犬一样；何为"木夫"则尚未明确。对于刘勰而言，这些神怪故事本身难以置信，但其中富有变化莫测的想象力，所以叫"谲怪之谈"。

第三点，狷狭之志，狷狭就是急躁之意，见文中："依彭咸之遗则，从子胥以自适。""彭咸"是殷商时的贤臣，因君王不听进谏，投水自尽；伍子胥是吴王夫差的重臣，因反对吴王和越王谈和，被夫差疏远，于是投钱塘江自尽。屈原在《离骚》和《九章·悲回风》中，都明确地说自己把他们当作了榜样。刘勰认为这种激烈的行为，背离了儒家中庸的人格追求，因而称之为"狷狭"。

第四点，荒淫之意。文中谈道："娱酒不废，沉湎日夜，举以为欢，荒淫之意也。"典故出自《招魂》，《招魂》前半部分极力陈说天地四方的恶劣环境和恐怖鬼怪，后半部分则向亡者描绘人间的美好，以此呼唤亡魂的归来。男女杂坐，日夜欢饮，这是楚地迥异于中原的浪漫奔放民风，就像是古希腊的酒神狂欢节。这当然不符合儒家的道德规范，因此刘勰称之为"荒淫"。

从这四点来看，刘勰是批评《离骚》的，指出《离骚》的夸诞之处。但《离骚》的夸诞之处正是文学性之所在，从这个意义讲，刘勰批评《离骚》异于经典的四点正是《离骚》的独特之处，也正是《离骚》之所以为文学经典的价值之所在。这四点表明了《离骚》在文体上的想象性，它是审美性、抒情性、个人化的文学，也是从集体写定、神圣庄严的经学中脱胎而出的一个重要标志。

其实，刘勰并非没有看到这一点，他在讲到《离骚》的影响时说："固知楚辞者，体慢于三代，而风雅于战国。"① "三代"指的是夏商周的经典，也就是说楚辞在文体上效法三代，但在文风上又夹杂着战国时代纵横家的影响。从刘勰的评论可以看到，楚辞既具备经典的体裁特征，也拥有文学的体裁特征，这就是"变乎骚"。我们从骚体中既可以看到经典巨大的影响，看到儒家传统作为其内在的支撑，同时也可以看到战国时文学性的新变，看到鲜明而新奇的文学因素，这是刘勰关于文学发展谱系较为辩证的看法。刘勰的最后评价是："虽取熔经意，亦自铸伟辞。"《离骚》之变，变在何方？《离骚》文意取自经典，并将三代文学经典和战国纵横之术熔解在自己的作品之中，进而铸造出文学性的伟辞。

---

① 唐写本作"体宪于三代，而风杂于战国"，"宪"就是效仿。

通过对《离骚》和楚辞的评价，刘勰为整部《文心雕龙》建构起了一个整体性的文统：六经→楚辞→诗赋及其他文体。这个文统谱系既表示时间上的继起，也表示一种价值上复古的取向；但更重要的是，它为当时存在的各种文体建立了与儒家经典相关的合法性。如果没有这一点，刘勰就不能借"论文"来表达自己的儒家理想，进而走向仕途了。

综上，本章主要从结构论、创作论和文学史三个角度阐述了《文心雕龙》的整体思维。在结构论层面，《文心雕龙》以"道"为核心，分成总论、文体论、创作论、鉴赏论，每一部分又有内在的关键词；在创作论层面，《文心雕龙》以"神思"为中心，从"物""情""言"三个角度探索解除"语言的痛苦"的方法；在文学史层面，《文心雕龙》以"辨骚"为连接点，通过分析楚辞与经典的四同四异，搭建起儒家经典与诗赋之间的文学谱系。

结　语
一本书，一辈子

有学生问我，哪一本书可以读一辈子？

我毫不犹豫地说：《文心雕龙》。

其实，我初识《文心雕龙》已经很晚了。因为"文革"，我23岁才上大学（比正常的入学年龄大了5岁）。念大一时请教文艺学老师，说我对文学理论很有兴趣，您给开一个书目吧，古今中外都要。没想到老师只开了一本书：范文澜的《文心雕龙注》。

那是20世纪70年代的最后一个夏天，我在没有电扇的宿舍里挥汗读刘勰。第一遍读下来，虽说没有完全读懂，大义还是明白的。我有一个惊人的发现：《文心雕龙》里面没有文学理论，没有我们当时正在学习的诸如现实主义和浪漫主义、典型形象和典型人物之类的文学理论。《文心雕龙》有文采，有俪辞，有秀句、隐喻、排比和起兴。我开始背诵其中的一些篇章，如《神思》《物色》《风骨》《知音》等等，并将刘勰说话的方式自觉地应用于各种文类的书写实践。逢年过节给亲朋好友寄明信片，不再写"节日愉快"而是改为"献岁发春，悦豫之情畅"；春游或秋游后写游记，忘不了来一句"登山则情满于山，观海则意溢于海"；冬天躲在被褥里给女同学写情书，先感叹"知音其难哉"，后约定"清风与明月同夜"或者"白日与春林共朝"……教写作的老师常常在课堂上读我的作文，说是有"骈偶之美"。大学时代，刘勰是我的写作老师。

　　20世纪80年代的大学，对"大学教师"的学历要求没有现在这么高：动不动就要博士或博士后。所以，我大学本科毕业就能去大学教本科生。不过，我一点儿也不胆怯，因为有《文心雕龙》。我在大学里开《文心雕龙》导读课，和我的学生一起读《文心雕龙》，一起背诵《文心雕龙》，还辅导学生用骈体文书写文学理论和文学批评的小文章。学期结束时，我将学生的习作结集成书（说是"书"，实际上只是打印成册），命名为《青春版〈文心雕龙〉》。刘勰当年在上定林寺撰写《文心雕龙》时，是"齿在逾立"，三十刚出头，可谓青春的文心、青春的龙；一千多年后，我在大学讲授《文心雕龙》也是"齿在逾立"，将刘勰的文心、刘勰的龙融入当代大学生的青春之思与青春之诗。当我在大学课堂上讲授《文心雕龙》时，又有一个重要发现：整个20世纪的"龙学"传播，都是在大学课堂上发生并进行的。20世纪初，黄侃先生在北京大学讲授《文心雕龙》，聆听的学生之中就有范文澜。后来，范文澜先生在南开大学讲授《文心雕龙》；再后来，刘永济先生在武汉大学，杨明照先生在四川大学，陆侃如先生在山东大学，詹锳先生在河北大学……20世纪大师级的龙学家，在大学讲坛上传授龙学，一代又一代，"太山遍雨，河润千里"。

20世纪80年代末,我有幸师从著名龙学家杨明照教授研习《文心雕龙》。杨先生的《文心雕龙校注拾遗》是我早就拜读过的龙学巨著,原本打算跟着杨先生学习《文心雕龙》的校勘、考证和注释,并在这个领域内找一个研究课题。杨先生却对我说:做学问要扬长避短,考证是你的短处而理论是你的长处,你做考证,做一辈子也超不过我。杨先生是实话实说,莫说"超过",连"接近"也是不可能的。当年刘勰舍"注经"而择"论文",何尝不是扬长避短?我在杨先生指导下精读《文心雕龙》,精析刘勰的为文之用心,甚至用繁体字一句一句地抄写《文心雕龙》。一部五万余言的《文心雕龙》,我最喜爱末尾的两句:"文果载心,余心有寄。"杨先生说刘勰在上定林寺写《文心雕龙》是"焚膏继晷,不遗余力",因为那是他的"彩云若锦",那是他的"树德建言",那是他的神圣使命和全部寄托!"世远莫见其面,觇文辄见其心",什么是刘勰的"为文之用心"?在那个佛教大盛的时代,刘勰所忧虑的是本土传统的丢失,是时人的"竞今疏古,风昧气衰",是文坛的"繁华损枝,膏腴害骨"。刘勰要用先秦经典的情深义直、风清体约,来疗救宋齐文风的瘠义肥辞、讹滥浅俗。刘勰不仅有忧患意识,更有使命感:"结虑司契,垂帷制胜""按辔文雅之场,环络藻绘之府"……任何时代的文学理论研究,都需要回应当下的现实问题,都需要为解决这些问题提供思路和方略。刘勰做到了这一点,所以才能够"百龄影徂,千载心在"。一千多年后,我在成都锦江畔的斗室之内,在那张不足三尺的小课桌前,与刘勰对话,与刘勰谈心。亦师亦友,刘勰陪伴我青灯下的孤寂。

20世纪90年代，中国文论界弥漫着一股"失语"的焦虑，说是离开了西方文论话语，中国当代的文学批评家和理论家就不会说话。就中西文化的碰撞而言，我们这个时代与刘勰的"皇齐"有某些相似之处：外来文化（南朝是印度佛教，今天是欧美文化）呈强势或攻势，本土文化呈弱势或守势。刘勰"家贫不婚娶"，需要到寺庙里面去解决温饱、读书、就业这些基本问题。年轻的刘勰在佛教文化之中浸泡、熏染了十多年，他不仅是精通佛学，而且他的思维方式和理论建构方式基本上是佛学的。然而，刘勰又是一位文学理论家，他研究的是中国本土的文学理论。按照今天的一些理论家的逻辑，刘勰是一定要失语的，刘勰离开了印度佛教的话语是一定不会说话的。然而，《文心雕龙》何曾失语？文学理论家刘勰何曾失语？从"论文叙笔"到"割情析采"，从"释名章义"到"敷理举统"，刘勰的《文心雕龙》使用的都是纯粹的中国文论话语。但是，《文心雕龙》又的确有"佛"：不是佛学的经论或术语，而是佛学的系统思维和分析方法。这正如生活在全球化时代的中国学人，说自己没有受西学的影响则近乎痴人说梦。外来文化的影响并不必然导致本土学人的"失语"，如果能够像刘勰那样处理外来佛教与本土传统的关系，华佛交通，中西融会，则文论的言说不仅是本土的更是普世的。20世纪的最后七年，我学习刘勰的"沿波讨源""振叶寻根"，在中国文论的滥觞之处揭橥其诗性智慧；21世纪的最初七年，我学习刘勰的"骈体论文""比兴释名"和"秀隐章义"，研究中国文论批评文体的文学性生成。从刘勰那里，我不仅学到了思维方式和研究方法，而且习得了话语方式和言说方式。

21世纪初，我北上珞珈山，来到现代龙学的发祥地武汉大学。在武汉大学文学院，我开出的第一门课是"《文心雕龙》导读"，举办的第一个国际学术会议是"百年龙学国际学术研讨会"，主持的第一件大事是包括"《文心雕龙》与博雅"在内的武汉大学通识教育改革。"通识教育"又称"博雅教育"，而刘勰是真正意义上的"博雅君子"，《文心雕龙》是真正意义上的"博雅经典"。刘勰和他的《文心雕龙》的"博雅"，概言之是"博通雅正"，细绎之又可表述为"一二三四"：一道兼通，两端兼和，三教兼宗，四部兼备。《文心雕龙》五十篇以《原道》开篇，刘勰体大精深的文学理论从"原道"出发，这个"道"既是作为时空（宇宙）之源的"太极"，也是作为逻辑（理论）之元的"神理"。太极生两仪，狭义的"两仪"当然是天地或阴阳，而广义的"两仪"或可指称所有相生相济、相立相悖的概念、范畴和命题。刘勰的文学理论和批评，一个最为基本的方法就是"擘肌分理，唯务折衷"，亦即"两端兼和"。就思想文化而言，刘勰是儒、道、释三教兼宗；就文本形态或话语方式而言，《文心雕龙》是一个典型的兼性文本，经、史、子、集四部兼备。博雅教育是世界性的，无问东西；但博雅教育在中国有自己的特色和亮点，这就是中国文化的兼性智慧。而《文心雕龙》从理论体系到学术方法，从思维方式到文体特征，无一不体现出中国文化的兼性智慧。

2008年，21世纪第一个十年中的一个深秋，在北京紫玉宾馆参加"《文心雕龙》与21世纪文论研究国际学术研讨会",我做了一个大会发言,题目是《创生青春版〈文心雕龙〉》。何为"青春版"?青春的文心、青春的(文)体!青年刘勰对青春文心的唯美言说,正是我们这个时代所匮乏的。刘勰当年写《文心雕龙》,是要回应他那个时代的文学和文学理论问题。刘勰的时代问题是什么?佛华冲突,古今冲突以及"皇齐"文学的浮华和讹滥。青年刘勰内化外来佛学以建构本土文论之体系,归本、体要以救治"风昧气衰"之时弊。我们今天研究《文心雕龙》,同样需要回应我们这个时代的文学和文学理论问题。我们的时代问题是什么?东西方文化及文论冲突中的心理焦虑、古今文化及文论冲突中的立场摇摆以及文学理论和批评书写的格式化。而青年刘勰在上定林寺里的文化持守与吸纳,在"皇齐"年间的怊怅与耿介,在5世纪末中国文坛的诗性言说,对于救治21世纪中国文论之时弊有着非常重要的意义。我没有想到,这个发言在会上引起强烈反响。会议期间,无论是分组讨论,还是茶歇聊天,与会同仁频频提及我的发言,有赞同的也有反对的。"青春版"一语,几乎成了这次会议使用频率最高的关键词。在各种各样的评骘中,有一句话深得吾心:我的本意是想激活当下的《文心雕龙》研究。这也是我多年的愿望。《文心雕龙》毕竟是一千五百多年前的文本,如何能使它活在当下文坛,活在21世纪的青春校园,活在全球化时代广大读者的精神生活之中?这是我写作《文心雕龙讲演录》的心理动机,也是我对这本书之社会反响的心理期待。

结　语 | 一本书，一辈子

2019年，21世纪第二个十年里的一个炎夏，在N次重读《红楼梦》、N次重识秦可卿乳名"兼美"之时，突然间联想到：《文心雕龙》不也是常用"兼"嘛。回头检索《文心雕龙》，全书50篇，语涉"兼"字有21篇，这21篇中关于"兼"的语用有二：其一，用"兼"组词11个（累计13次），"兼包""兼存""兼气""兼累""兼通""兼善""兼雅""兼解""兼载""兼总""兼赞"；其二，"兼"用作动词12次，"可谓兼之"（《辨骚》）、"事兼变正"（《颂赞》）、"义兼美恶"（《颂赞》）、"铭兼褒赞"（《铭箴》）、"术兼名法"（《论说》）、"事兼诰誓"（《诏策》）、"事兼文武"（《檄移》）、"用兼表奏"（《奏启》）、"讽兼比兴"（《比兴》）、"复兼乎比兴"（《隐秀》）、"理兼诗书"（《总术》）、"盖贵器用而兼文采"（《程器》）。用今天的话说，"兼"在《文心雕龙》中是一个热词。从学理上考察，"兼性"是《文心雕龙》的关键词，而"兼性智慧"则是《文心雕龙》的根本特征之所在。《文心雕龙》的兼性智慧，其逻辑维度有四：一是主体身份之兼性，二是思维方式之兼性，三是话语模式之兼性，四是体式类型之兼性。四者有着密切的内在关联：兼性主体具备兼性思维，兼性思维创生兼性话语，兼性话语生成兼性体式。这既是刘勰文论的内在理路，更是中国文论的思想逻辑、历史价值和现代意义之所在。有了，等到21世纪的第三个十年，我就来研究《文心雕龙》的"兼"。

谁曾料想，21世纪的第三个十年尚未开始，新冠疫情已肆虐全球。一年多过去了，疫情未已，风险犹存。就在我写这篇结语时，疫情卷土重来。遭遇如此百年未有之大变局，《文心雕龙》

的"兼"几乎占据了我的思维中心：当今世界，是要兼通还是要冲突，是要兼包还是要偏执，是要普天兼善还是要去全球化……主张"兼解""兼存""兼雅""兼赞"的刘勰，在《文心雕龙》中旗帜鲜明地反对"各照隅隙，鲜观衢路"式的"庭间回骤"，而主张"弥纶群言""笼圈条贯"式的"万里逸步"。可见刘勰和《文心雕龙》的意义绝不仅限于我所研究的"中国文论"，也不仅限于我所从事的"通识教育"，而是能为后疫情时代的文化重建贡献中国智慧和中国力量。

由此看来，我与刘勰的相伴相随还要继续下去，不仅仅是"一辈子"。

如果有来生，还是要读《文心雕龙》。

后　记

这本《博观雅制：〈文心雕龙〉导引》是"珞珈博雅文库·经典导引系列"中的一种。"珞珈博雅文库"是武汉大学通识教育的大型丛书，2018年与"武大通识3.0"课程体系同时启动。"珞珈博雅文库"既是"3.0"的理论探索与总结，又是"3.0"的实践记录与写照。

五年来，"珞珈博雅文库"已经出版了50余种，大体上可以分为五大系列：

一是"通识教材系列"。其中有基础通识课"人文社科经典导引""自然科学经典导引""中国精神导引"（即"三大导引"）的教材；有核心通识课教材，如《宇宙新概念》《诺贝尔文学奖作品导读》《莎士比亚戏剧与西方社会》等；有一般通识课教材，如《流行音乐：从声音到文化》《中西民俗文化对比赏析》《西方现代艺术史》等。

二是"通识课堂系列"。从2018年开始，我们将每年大一同学基础通识课的优秀结课论文分"人文卷"和"自然卷"结集出版，已经出版了三辑，书名依次为《何以成人 何以知天》《博雅：中西之间》《与大师对话》，第四辑《经典的滋养 阅读的改变》和第五辑《我的经典》正在编辑之中。"通识课堂系列"还推出两本征文集:《那些年，我们追过的通识课》《那些年，我们在珞珈山上做助教》。

三是"通识文化系列"。武汉大学通识文化的品牌之一，是每月一次的"通识教育大讲堂"，迄今为止共举办48期。我们将大讲堂嘉宾的演讲实录结集出版，已经出版了两辑，书名分别为《经典·科学·人生》和《审美教育·人文化成》。

四是"通识管理系列"。已出版《武汉大学通识教育研究报告》，即"珞珈红皮书"。

五是"经典导引系列"。这个系列首批导读对象为"人文社科经典导引"和"自然科学经典导引"所遴选的22部经典，后续部分将扩展开去，计划出一百种；"珞珈博雅文库"第一系列的"通识教材系列"亦计划出一百种，合起来称为"双百工程"。

无论是《博观雅制》这本小书，还是"双百工程"乃至"珞珈博雅文库"这些大的系列，都充分体现出大学通识教育的一大特征：课堂教学与学术研究的高度统一及完美融合。通识教育既不是"科普"或"心灵鸡汤"，更不是"甜点"或"拼盘"：就学术含量而言，它需要跨学科的视野、厚实的功底、经典的范式和有效的方法；就课堂质量而言，它需要引导而不牵强，鼓励而不压抑，开启而不替代。我和我的团队（通识教育团队和关键词研究团队）在两个领域弘毅自强，很辛苦，也很快乐。

后 记

作为大学教师，笔者最大的快乐与这本小书所导读的经典《文心雕龙》相关：以《文心雕龙》为津梁，将学术研究与通识教育连为一体。《文心雕龙》这部空前绝后的中国文论经典，既是学术研究的对象，也是通识教育的法宝：就前者而言，她几乎拥有中国文论全部的关键词（术语、概念、范畴和命题）以及诠解关键词的全部方法（溯源法、折衷法和弥纶法等等）；就后者而言，她不仅创造性地阐释了通识文化的核心观念"博雅"，而且示范性地彰显了何为"博雅君子"、何为"圆照之象"、何为"兼性智慧"、何为"博观雅制"。

在笔者所供职的武汉大学，"《文心雕龙》导引"（或"导读"或"研读"或"研究"）既是通识课也是专业课。笔者在珞珈山各种类型、各种规模的课堂上讲《文心雕龙》，一讲就是二十多年。这本小书根据笔者的讲义和录音整理而成，两位研究生同学承当了繁重的文字整理工作，其中吴煌琨同学负责第一、二、八、九、十章，徐睿智同学负责第三、四、五、六、七章。博士研究生刘纯友同学作为"经典导引系列"的秘书付出了艰辛的劳动。商务印书馆上海分馆总编辑鲍静静、责编周祺超为本书及这套丛书的出版发行提供了卓有成效的指导、协调和勘误。在此一并致谢。

李建中

2023 年 6 月 26 日

于珞珈山振华楼

图书在版编目（CIP）数据

博观雅制：《文心雕龙》导引 / 李建中著. —北京：商务印书馆，2023
（珞珈博雅文库. 经典导引系列）
ISBN 978-7-100-23004-9

Ⅰ.①博⋯ Ⅱ.①李⋯ Ⅲ.①《文心雕龙》-研究 Ⅳ.①I206.2

中国国家版本馆CIP数据核字（2023）第175896号

权利保留，侵权必究。

博观雅制
《文心雕龙》导引
李建中　著

商 务 印 书 馆 出 版
（北京王府井大街36号　邮政编码100710）
商 务 印 书 馆 发 行
苏州市越洋印刷有限公司印刷
ISBN 978-7-100-23004-9

2023年10月第1版　　　开本 890×1240　1/32
2023年10月第1次印刷　印张　7½
定价：68.00元